西原高校マーチングバンド

沖縄の高校がマーチング世界一になった話

オザワ部長

沖縄県立西原高等学校マーチングバンドは２０２２年、
「音楽のオリンピック」とも呼ばれる世界音楽コンクールで
ワールドチャンピオンを獲得する快挙をなし遂げた。
これは、その実話をもとに描かれた物語である。

※この物語の登場人物は著者の創作です。
実在する人物とは一切関係ありません。

目次

おもな登場人物紹介

ミーク（鷹栖美久）……沖縄県立西原高等学校3年。東京からやってきた転校生。父・比呂士と二人暮らし。未経験でマーチングバンドに入り、カラーガードを担当する。

ユーイー（赤嶺唯衣）……西原高校3年。曽祖父・太良、母・レミ、兄・尚とともに暮らす。琉とは幼馴染み。マーチングバンドで部長を務め、金管楽器のメロフォンを担当。

リュウ（伊部琉）……西原高校3年。ユーイーの家の近くに住む寡黙な少年。マーチングバンドでは金管楽器で最重量のチューバを担当。部活の裏のリーダー。

尚ニーニー（赤嶺尚）……ユーイーの兄。唄三線の名手だが、現在は無職。部活で朝早く登校し、下校も遅くなるユーイーやリュウを愛車のワーゲンバスで送り迎えしている。

タラーおじい（赤嶺太良《たろう》）……ユーイーの曽祖父。尚ニーニーの唄三線の師匠。

レーミ（赤嶺レミ）……ユーイーの母。シングルマザー。

ヒロシー（鷹栖比呂士）……美久の父。沖縄在住の作家。

西原高校マーチングバンド

ミッツ（山崎光海）……3年。カラーガードのパートリーダー。優しく、面倒見がいい。

リンカー（天久凛華）……3年。カラーガード。目つきも言葉づかいもきついが、実力者。

サクラー（大里さくら）……2年。カラーガード。天然タイプの不思議ちゃん。

マキマキ（豊原真希）……2年。カラーガード。興奮すると小鼻が膨らむ癖がある。

イズー（照屋泉）……1年。カラーガード初心者。小柄で丸っこい体型。エイサーのチョンダラーの真似が得意。

チエー（譜久村ちえ）……1年。カラーガード初心者。斜に構えた性格で、イズーをいじる。

ベニー（奥間紅）……3年。ユーフォニアム担当。しっかり者で、いつもユーイーをサポートしてくれる。

マサ（仲村将）……3年。トランペットのエース。

スズカー（与那嶺涼香）…3年。トランペット。マサに思いを寄せる。

ジョージ（高良城治）……3年。バッテリーパートのリーダー。

良吾先生（上原良吾）……西原高校マーチングバンドの新しい顧問。

マーチング用語解説

マーチング……演奏しながら動き回るブラス（管楽器）とバッテリー（打楽器）、固定した位置で演奏するピット（打楽器）、演技のみを担当するカラーガードが一体となり、演奏と演技によってショーを構成する吹奏楽の一形態。

コンテ……マーチングのすべての動きを記した絵コンテ的なシートのこと。

ドリル……様々な意味で使われる言葉で、マーチングそのものや、全パートが集まっての練習を指したりする。繰り返し練習することからその名がつけられたといわれている。

ブラス……マーチングの管楽器パートのこと。学校、バンドによって使用楽器が異なる。

バッテリー……スネアドラム、タム、バスドラムなどをキャリアと呼ばれる器具で肩から吊り下げ、ブラスとともに動きながら演奏する打楽器パート。

ピット……移動せずに固定位置で演奏する打楽器パート。ドラムセット、ティンパニ、マリンバなどの大型楽器を演奏する。

カラーガード……楽器を演奏せず、演技のみを担当するパート。短縮形は「ガード」。旗（フラッグ）・ライフル・サーベル（セイバー）といった手具（しゅぐ）を使うのが特徴。当然ながら、ライフルとセイバーは模造。

ボディワーク……マーチングにおける体の動かし方のこと。西原高校マーチングバンドでは、手具を使わない演技や踊りのことも指す。

プッシュ……マーチングのショーの中に1～数カ所ある見せ場。

カンパニーフロント……マーチングのショーの最大の見せ場。多くの場合、ブラスやバッテリーが横に大きく広がり、ゆっくり前進しながら強奏する。

1　島より遠く離れた地で

巨大なパルクスタット・リンブルフ・スタディオンにはたくさんの観客が詰めかけていた。観客席にはざわめきが広がっており、時折拍手や指笛の音が響く。

いよいよショーが始まる。ただのショーではない。沖縄県立西原高等学校マーチングバンドはワールドチャンピオンを決める舞台に立っているのだ。

「音楽のオリンピック」とも呼ばれ、4年に1度開催される世界音楽コンクールに挑むため、66人の高校生と先生は極東の小さな島からオランダのケルクラーデまでやってきた。

ユーイーは鮮やかな緑色の芝生に覆われたフィールドの中央付近に立っていた。手には銀色に輝くメロフォンを持っている。1・6キロほどある銀色の金管楽器は、マーチングを始めた中学1年のころは拷問のような重さに感じられたが、高校3年になったいままでは、もはや体の一部のようになっている。

西原高校マーチングバンドはこの日のために厳しい練習を積み重ねてきた。信じられないようなトラブルにいくつも遭遇したが、そのたびにみんなで乗り越えてきた。世界音楽コンクールで世界一をとるため——それにもっともこだわってきたのは、部長であるユーイーだった。

ところが、本番を直前にして、ユーイーは奇妙な感覚にとらわれていた。

前にもこれとまったく同じ経験をしたことがあるような。あるいは、すべてが夢であるかのような、現実感のないふわふわした感じ。

緊張のせいだろうか。だが、もともと本番で緊張するタイプではない。

（ユーイー、どうした《なんでか》？　しっかりしれ！）

ユーイーは心の中で自分を叱咤した。

まわりには仲間たちがそれぞれ楽器を持って立っている。ブラスパート、バッテリーパートのメンバーだ。指揮台の前には大型の打楽器が並べられ、ピットパートのメンバーが配置についている。そして、ピットがいるエリアとフィールドの境界線あたりに7人の女子部員が並んでいた。演技を担当するカラーガードパートのメンバーだ。

ユーイーの視線は、その中のひとりの少女に吸い付けられた。7人の中でひときわ手足が長く、ほっそりした体。肌は白く、ポニーテールにした髪が小さく風に揺れている。ユーイーの目にはその少女が輝いて見えた。なんて美しい子だろうといまさらながら思った。

（ミーク――やっぱりアンタ《ヤー》はニライカナイから来た神様だば？）

その少女と初めて出会ったときのことは、いまでもありありと思い出せる。たった4カ月前のことだ。それからの短い月日にいろいろなことがありすぎた。だが、そのことさえもいまのユーイーには現実ではないように思えてくる。

まさか、自分はあの海で出会ったのは、本当に神様だったのだろうか。そして、幻を見せられているのだろうか？

正面から強い風が吹いてきた。ユーイーはまぶたを閉じた。風は帽子の上の羽根飾りやユーイーの短い髪を揺らす。

ふと、観客席のざわめきが消え、聞き覚えのある音が響いてきた。無数の細い葉が風に吹かれ、擦れ合う音。生まれたときからいつも近くにあった音。聴き間違えるわけがない。ザァァァッと鳴っているのは、畑のサトウキビ《ウージ》だ。

風がやんだ。

ユーイーはゆっくりとまぶたを開いた——。

2 出会い

上へ上へと伸びていこうとする背の高いウージの畑の間を、赤嶺唯衣《あかみねゆい》は東に向かって歩いていた。沖縄では下の名前を伸ばした愛称が多く、唯衣は誰からでも「ユーイー」と呼ばれていた。

ウージの葉は緩やかな海風に揺られて乾いた音を立て、ユーイーがつっかけた島ゾーリはコンクリートの路面に擦れてザッザッと鳴った。Tシャツにショートパンツという服装のユーイーは健康的に日焼けしている。頭にかぶった麦わら帽子はあちこち破れていて、漏れてくる太陽《ティーダ》の光にユーイーは目を細めた。

沖縄本島の中部、西原市に位置する沖縄県立西原高等学校は部活動が盛んな学校だ。なかでも創部40年のマーチングバンドは「西原マーチング」という通称で呼ばれ、強豪として全国にその名を知られている。麦わら帽子は西原マーチングの部員が屋外で練習するときに伝統的にかぶってきたもので、ユーイーも同期の伊部琉《いべりゅう》たちと入部した2年前に買った。だんだん破れが増え、広がってきてはいたが、ユーイーは買い替えずに愛着を持って使い続けていた。破れも積み重ねた練習の証、勲章のようなものだった。

ウージの畑の間の道を歩くユーイーは、右手にメロフォンを持っていた。メロフォンは、吹奏楽ではホルンに相当する中音域を担当する金管楽器だ。トランペットを大きくしたような形状で、顔の前に構えてマウスピースを唇に押し当て、3つのピストンを押して演奏する。中学の吹奏楽部でマーチングを始めたときから、ユーイーはずっとメロフォンを吹き続けてきた。華やかさと柔らかさのどちらも表現できるメロフォンの音がユーイーは好きだった。

2022年4月。ユーイーたち新3年生にとって、高校生活最後の1年間がスタートしていた。春休みは、本来であれば集中的に基礎練習をしながら、新入部員を迎える準備をする時期だ。しかし、春休み直前に部内で新型コロナウイルスの感染者が出たことで、始業式まで部活は停止となってしまった。

ユーイーのメロフォンは学校の備品だが、借りて帰り、毎日海へ行って自主練習をしていた。今年は7月末に「音楽のオリンピック」とも呼ばれる世界音楽コンクールが予定され、西原マーチングも出場することになっていた。これまでベストインターナショナル賞に3度輝いている西原マーチングだが、それは真の世界一に与えられる賞ではない。スポーツと同様に世界音楽コンクールも地元オランダが圧倒的に有利なため、オランダを除いた国で第1位に与えられるのがベストインターナショナル賞なのだ。今年こそは真の世界一、オランダの壁を越えてワールドチャンピオンを獲得するのがユーイーたちの目標だった。高校に入ってからの2年間、コロナで思いどおりに活動できなかったストレスをすべてオランダでぶつけてやろうという思いもあった。

だから、部活停止だからといってのんびりしているわけにはいかない。世界音楽コンクールまで4カ月もないのだ。きっとほかの部員たちもそれぞれ自主練習をしていることだろう。いよいよ明日は始業式で、部活停止も解除される。ユーイーは早くみんなとマーチングがしたくてウズウズしていた。

沖縄本島中部に位置する中城村《なかぐすくそん》のユーイーが住んでいる地区は、観光客が来るようなリゾートや名所がない。近所はウージや芭蕉などの畑ばかりで、海岸もきれいな白砂のビーチというわけではない。その代わりに人はあまり来ず、静かだ。人家も少ないため、楽器を練習するにはうってつけだった。

島ゾーリを鳴らしながら道を歩いていくと、目の前に海が開けた。

「うわぁ、きれいだな《ちゅらさんやー》」

思わずユーイーは声を漏らした。生まれてから飽きるほど見続けてきた海なのに、その美しさにはいつも心を奪われる。凪いだ海面はまるで青空の鏡のようだった。風がひときわ強い潮の匂いを運んでくる。ユーイーは目を閉じて大きく深呼吸をした。浜にはねずみ色の砂にゴロゴロと岩や石、砂利が転がっている。浅瀬には裸足で歩くと怪我をする琉球石灰岩が露出している。観光ガイドや広告でよく見る沖縄のビーチとは違うが、ユーイーはこの飾り気のない海が好きだった。

頭上には分厚い雲が浮かんでいた。風向きにもよるが、雲は西の海から那覇や浦添、宜野湾を飛び越え、学校のある西原町を横切って中城から海へと出ていく。

雲の向かう先、東の水平線の向こうからは毎日太陽《ティーダ》が昇ってくる。

「その先にニライカナイがあるわけさー。はるか昔、ニライカナイからやってきたアマミキヨという女神様が久高島《くだかじま》に降り立って、そこから沖縄《ウチナー》の島々をつくったと言われているわけよ」

幼いころ、太良《タラー》おじいに聞かせられた話だ。神様も人も、ニライカナイからやってきて、ニライカナイへ帰っていく。やがておじいも、お母も、尚ニーニーも、ユーイーも、いつかはみんなそこへ帰るのだと教えられた。だから、きっと父の和哉も、そこにいるはずだ。

（ニライカナイのお父に向かって楽器を吹こう）

ユーイーはメロフォンを構えた。息を吹き込もうとしたとき、視界の端で何か白いものが揺れているのに気づいた。

海岸とウージ畑を区切るコンクリートの堤防兼遊歩道の上で、その白いものが舞っていた。

それはひとりの女の子だった。身に着けているブラウスも、長いスカートも、肌も白い。ユーイーと同じくらいの年ごろか、少し下くらいに見えた。

その少女はほっそりした手足を優雅に動かしながら、片足を軸にしてクルックルッと回っていた。スカートの裾と長い髪が膨らみ、そのまま空へ舞い上がっていってしまいそうに見えた。

（カラーガードの誰かか？）

ユーイーはそう思ったが、この近所にカラーガードのメンバーは住んでいないし、少女と似た体型の子もいない。

（いったい誰だば……？）

ユーイーが様子を窺っていると、少女がバランスを崩し、ターンを止めた。

メロフォンに反射した光がその顔に当たり、少女は初めてユーイーの存在に気づいた。

少女は驚いて乱れた髪を指で押さえ、まるでいたずらを見咎められた子どものようにうつむいた。

「こんにちは《ハイタイ》」

ユーイーは驚かさないように笑みを浮かべ、楽器をちょっと上に向けた。

怯えるような目でこちらを見た少女は、やはり初めて見る顔だった。と、少女はいきなり駆け出し、ユーイーを避けるように横を通り抜けて、ウージ畑のほうへ走り去っていった。

「なんだば⁉　踊りたいんだったら、好きに踊っといたらいいやし」

ユーイーはあっけに取られながらつぶやいた。

いったいあれは誰だったのだろう。見るからに沖縄の人《ウチナーンチュ》ではない。沖縄にも肌の白い人は少なくないし、顔立ちもいろいろある。だが、その人が醸し出す雰囲気や仕草、表情でウチナーンチュか本土の人《ヤマトンチュ》かほぼ100パーセントで判別できる。あれはヤマトンチュだった。迷い込んできた観光客だろうか。しかし、こんなところにたったひとりで、徒歩で……？

「まぁ、いいさー」

ユーイーは少女のことを頭から振り払い、改めてメロフォンを構えた。目の前には広々とした太平洋が広がっている。ユーイーは大きく息を吸い込み、その水平線の先、はるか東の彼方に向かって力いっぱい楽器を吹き鳴らした。

3　ミーク

ユーイーは管理棟3階にあるバルコニーのコンクリートブロックの手すり壁から下を覗き込んでいた。管理棟と体育館の間の道にはフクギやソテツ、クバ、クワディーサーなどの木が植えられている。細く尖った葉が手のひらのように広がったクバは、神様がそこを伝って地上に降りてくるのだとタラーおじいに教わったことがあった。だから、島の神聖な場所、御嶽《うたき》にはクバが生えているのだと。

　眼下の道を、カラーガードのパートリーダーである「ミッツ」こと山崎光海《みつみ》が歩いているのが見えた。隣にいる女子にしきりと何か話しかけている。部員ではない子のようだ。

「ユーイー、来てー！」

　窓から「ベニー」こと奥間紅《おくまべに》に呼ばれた。マーチングユーフォニアムが担当のベニーは役職にはついていないけれど、ユーイーにとっては頼れる存在だ。ユーイーはうっかり者だが、ベニーはしっかり者。助けられることが多く、部員たちからも信頼されている。ベニーが部長になればよかったのに、とユーイーはたびたび思ったものだ。

　始業式と入学式があった翌日、久しぶりに放課後の音楽教室にはマーチングバンドの部員たちが集まった。みんな上はTシャツやトレーナー、下はくるぶしのあたりが絞られた黒いジャージのパンツを身に着けている。部員たちはそれを「部着《ぶぎ》」と呼んでいる。

　3年生部員の間では、今年度から就任する新たな顧問の話題で持ちきりだった。

「おい《えー》、アンタたち《ヤッターよ》。マスク着用が義務じゃないからって、おしゃべり《ゆんたく》しすぎてコロナ広めるなー。また部活停止になるやし」

　ユーイーはそう言いはしたが、みんなの気持ちも理解できた。学年が上がったという高揚感もあれば、数日ぶりに顔を合わせた喜びもある。それに、新しい顧問が気になるのはユーイーも同じだ。学校の部活動というものは、嫌でも顧問に左右されるからだ。

「ねぇ《えー》、どんな先生だと思う？」

「上原良吾《りょうご》だっけ。始業式で見たときは、なんか恐そうだった。やばい目してた」

ユーイーが鋭い目つきをしながら言った。

琉が独特の低い声で言うと、みんなが静かになった。

「俺はよ、このままで本当にワールドチャンピオンになれるか、って思ってたわけさ」

琉は楽器を磨く手を止め、みんなのところへやってきた。

まわりの部員たちもたまに羨望や嫉妬の思いを込めて「リュウディキヤー」と呼んでいた。

中学時代、優等生を意味する「ユウディキヤー」と名前の琉をかけて「リュウディキヤー」と呼ぶようになったのはユーイーだった。実際、琉は学年でもトップクラスに成績が良い。中学の先生には県内の進学校を勧められたが、「マーチングをやりたいから」と西原高校を選んだ。勉強だけでなく、演奏もうまいし、スポーツもできるし、黒目が大きくて彫りの深い顔立ちで女子にももてる。

ユーイーは当てこするように言った。

「なんだば、カッコつけてつまらん答え。いつものリュウディキヤーよ」

「俺は歓迎だよ。公立高校なんだから、どうせどこかのタイミングで先生は代わるわけだし」

ユーイーは、音楽室の隅でマーチングチューバを磨いていた琉に尋ねた。

「リュウはどう思うば？」

部員たちは口々に言いたいことを言い合っていた。

「マーチングは指導経験がないはずよ。西高《にしこう》のこともよく知らん人に、自分のやり方を押し付けられたりしたらたまらんさー」

「非常勤だば？」

「前は石垣とか名護のほうで教えてたって話しさー」

「西原マーチングは間違いなく世界一さー。今年のメンバーは粒が揃ってるし、アタシ《ワッター》たちならできるよー」

トランペットの中村将《まさ》、トロンボーンの大城慶矢《おおしろけいや》、サックスの与儀裕斗《よぎゆうと》、バッテリーの高良城治、ピットの知念琉璃《ちねんるり》……というように3年生には優秀なプレイヤーが揃っていた。カラーガードのミッツやリンカー、ユーフォニアムのベニー、そして、チューバの琉もいる。これまでの先輩たちも優秀だったが、ユーイーは自分たちの代の実力に自信を持っていた。

「それとも何か。リュウは世界大会を前にして、もうビビってるわけ？」

ユーイーは挑発したが、琉は乗ってこなかった。

「俺たち、コロナのせいで入部したときからまともに練習も本番もできんかったさ？　その影響が積み重なって、いまやばいことになりかけてる気がするわけさ。ドリルも雑だと思うけど、俺がいちばん心配なのは音。俺にはただデカい音でがなり立ててるだけのように感じられる」

「でもよ、リュウ、西原マーチングの音はデカくて、すごく《でーじ》迫力あるって有名さ？」と、「マサ」こと中村将が言った。

「その有名だった音と、いまの俺たちの音は質が変わっちまったんじゃないかって俺は思ってるわけよ。今年はちょうど西原マーチングは創部40周年さ。長い歴史の中で、俺たちほど練習や本番ができんかった代はない。つまり、俺たちは歴代で最高にやばい代だわけさ」

琉に言われ、誰もが口をつぐんだ。

琉の言うとおりかもしれないとユーイーは思った。いわば失われた2年間、それはどのバンドでも同じようなものだろう。しかし、どこかでマーチングの二大要素である音と動きの両方がレベルダウンしていることに気づきながらスルーしていたと、ユーイーは気づいた。マーチングは大好きだし、それゆえに厳しくありたいとも思っていたのに、スルーできてしまったこと自体がまさにレベルダウンの証拠ではないかと思えた。

マーチングは吹奏楽と同様に管楽器と打楽器で演奏をするが、演技もある。30メートル四方のフィールドを縦横無尽に動き回りながら、踊ったり、演技をしたり、みんなで図形や文字を描いたり……と激しいパフォーマンスをする、音と動きの総合芸術だ。

マーチングのパートは4つある。管楽器で構成されるブラスパート、キャリアという器具で打楽器を体に装着して動き回りながら演奏するバッテリーパート、固定された位置でマリンバやドラムセット、ティンパニなど大型の打楽器を演奏するピットパート、そして、楽器は演奏せずに旗《フラッグ》・ライフル・サーベル《セイバー》といった手具を使って演技するカラーガードパートだ。西原高校のブラスパートでは、木管楽器はサックスのみ、金管楽器はトランペット・トロンボーン・メロフォン・ユーフォニアム・チューバが使われている。

マーチングではすべての楽器は暗譜で演奏しなければならないし、動きも完璧に覚えていないとほかの部員とぶつかってしまうなどのリスクがある。また、重い楽器を持って動き回るのは体力的にかなり厳しい。必然的に練習には運動部のような要素も混ざってくる。座って演奏する吹奏楽とはかなり違う面が多いが、表現の中心にあるのが音楽だという点は変わらない。

マーチングの練習は4つのパートがバラバラにパート練習を重ねた上で、全体が集まったドリル練習を行う。西原高校では、コロナの流行期は飛沫感染の懸念からブラスはなかなか集まって練習ができなかったし、ドリル練習の回数もかなり少なかった。マーチングの音や動きは感覚的に身につける部分が大きいため、練習や本番の少なさは質の低下に直結する。琉はそのことを指摘したのだ。

部員数も年々じわじわと減少していた。コロナ禍以降、感染の不安からかマーチングは避けられている感じがあった。ユーイーたち3年は29人いるが、2年は20人。新入生がどれだけ入ってくれるかは未知数だが、V字回復するとも思えなかった。

もはや新しい顧問がどうこうではなく、それ以前の問題なのだ。能天気にワールドチャンピオンなどと口にできる状況ではない。

「歴代で最高にやばい代」という琉の言葉から、ユーイーもみんなもそんな現実を直視させられた。音楽室には重い沈黙が流れた。

そのとき、「みんな、お疲れー！」とミッツが明るい声とともに現れた。みんなは救われた気持ちになり、ホッと息をついた。ミッツの後ろには、さっきユーイーがバルコニーから見下ろしたときに連れていた子がいた。

「あらま《はっさ》！」

ユーイーは声を漏らさずにはいられなかった。そこにいたのは、昨日海で踊っていたあの白い子だったからだ。少女は臆病そうにうつむいていた。

すぐに部員たちがミッツと少女を取り囲み、「これ、誰？」「新入生？」と興味津々の視線を少女に向けた。

「うちのクラスに来た転校生さー。入る部活が決まってないって言うから、強引にナンパして連れてきたわけよ」

ミッツは自慢げに腰に手を当て、胸を張った。

「でーじ可愛い……」

サックスの「ユート」こと与儀裕斗のつぶやきが聞こえ、みんなが笑った。少女はますます肩を縮こまらせた。

ユーイーは部員たちの間を掻き分け、少女の前に立った。

「ハイタイ」

ユーイーが言うと、少女の二重まぶたが大きく開かれた。どうやら昨日のことを思い出したようだった。

「名前は？」とユーイーは真顔で尋ねた。

「鷹栖《たかす》です……」

「それ、名字だば。アタシ《ワン》が聞いてるのは下の名前さー」

ユーイーは苛立たしげにそう続けた。目尻が垂れた少女の童顔が、ユーイーの癇に障った。

「美久です……」と少女は舌足らずな言い方で答えた。

「なんだば、もっとはっきり言え！」

「鷹栖美久です！」

少女は拳を握りしめて言った。だが、その声も決して大きくはなかった。

「ミークか」

「えっ……？」

「ミーク、アンタ《ヤー》はどっから来たば？」とユーイーは詰問するように言った。

「ごめんね。ユーイーは口が悪くてさ。どこから転校してきたの？」

ミッツが優しく尋ねると、美久と名乗った少女は「東京です」と消え入りそうな声で答えた。

「東京だって！　都会人〜」

「ヤマトンチュだと思ったさー」

部員たちが口々に言った。

「この子、カラーガードの経験者さー」

ユーイーが言うと、みんなは驚いて美久を注視した。

「は？　まさかや！」

「マーチングやってたば？」

「どこの高校？」

部員たちは矢継ぎ早に美久に質問を浴びせた。

「私、何もやってないです！　マーチングって……何のことだか……」

美久が言うと、みんなは顔を見合わせた。

「ヤーは昨日、海で踊ってたやっし」とユーイーが聞く。

「踊ってなんかないです」

美久は白い頬を紅潮させながら言った。

「いや、こうやって踊ってただろ？」

ユーイーが片足を上げてクルッと回ってみせた。

「やってないです。風でスカートが揺れてそう見えたんじゃないですか」

美久はそう白を切った。

「なんだば！」

「――とにかく！」

ユーイーが美久に食ってかかろうとしたところにミッツが割って入った。

「私が連れてきたんだから、ミークはカラーガードにもらうよ」

ミッツはにんまり笑いながら美久の肩を抱いた。

「高3だろ？　いまから初心者なんて入れて大丈夫か？」

低い声でそう言ったのは、鋭い目つきをした「リンカー」こと天久凛華《あめくりんか》だった。ミッツと同じカラーガードのメンバーながら、後輩はもちろん、同期からも恐れられている部員だ。

ミッツは意に介さずにリンカーに言った。

「世界大会はひとりでもメンバーが多いほうがいいさー。どうせこれから入ってくる1年生だって本番までに一人前になってもらわなきゃいけないし、学年は関係ないよ。じゃあ、ミーク、優しいミッツがカラーガードのこと教えようね。ダンスとかやってたの？」

ミッツが美久を音楽室の外へ連れていくのを、リンカーは睨むような目で見送った。そして、ふとユーイーと目が合うと、「高3で引っ越してくるなんて、ワケアリやさ」とつぶやいた。

美久の姿が見えなくなったのをいいことに、部員たちは大声でしゃべりはじめた。

「あの子の顔面、強いわ～」

「美人《ちゅらかーぎー》だねー。東京でモデルとか芸能人とかやってたんじゃない？」

「業界の偉い人と枕なんとかしてたのがバレて沖縄に逃げてきたとか」

「枕営業だば？　それが本当なら、大変《でーじ》なことよ」

「週刊誌とかテレビの取材が来たりして。インタビューとかされちゃうかも〜」

すると、いきなり音楽室にユーイーの怒鳴り声が響いた。

「東京から来たヤマトンチュがそんなに偉いか！」

おしゃべりしていた部員たちは、「別に、偉いとか言ってないやし……」「そんな怒らんでも……なぁ？」と気まずそうに顔を見合わせた。

すると、今度は窓ガラスや壁を震わせるほどの重低音が鳴った。琉がチューバを構えてロングトーンを始めていたのだ。部員たちはそれ以上しゃべり続けるわけにもいかず、そそくさと練習の準備を始めた。

ただ、ユーイーだけはその場に突っ立ったまま、さっき美久がいた場所を睨み続けていた。

(踊ってなんかない、って？　空に舞い上がりそうなほど踊ってたくせによー)

ユーイーは唇を噛んだ。

あのヤマトンチュは、嘘つきだ。

4　ウチナーンチュたち

結局その日、新しい顧問になったという上原良吾先生は部活に現れなかった。鷹栖美久という少女も、ミッツからマーチングやカラーガードについて説明を受け、ガードのメンバーを紹介された後、ひとりで下校していったという。

あの軟弱そうな見た目からして、どうせ数日もすればやめるだろうとユーイーは思った。

新入生が部活に顔を出しはじめるのは早くて明日からだ。新顧問も来ないし、部活の停止明けで2、3年生もテンションが低かった。ユーイーは少し早めに部活を終わりにした。

兄の尚《なお》ニーニーにスマートフォンで電話をかけると、すぐに迎えにきてくれるという。ユーイーは琉と一緒に正門近くの駐車場で待った。

近所に住む琉は、朝練に行くときも、部活帰りも、尚ニーニーの車に同乗する。ニーニーの都合がつかないときは、琉の母親の車で送り迎えしてもらう。ユーイーと琉は西原高校に入ってから、ずっと行き帰りをともにしながら部活に明け暮れてきた。

車が到着するまでユーイーが暇を持て余し、唇をブーッブーッと震わせてバズィングをした。金管楽器はマウスピースの中でのバズィングを増幅して音に変えている。バズィングも立派な練習のひとつだ。すると、横にいた琉がユーイーより大きな音でブーッと唇を鳴らした。ユーイーは琉を横目で睨んだ。

「なんだば、リュウ。ケンカ売ってるば？」

「部活、早く終わらせすぎだばーよ。世界大会まで時間がないって、お前自身が言ってたやっし」

琉はユーイーを見据えた。その目は真っ黒なはずなのに、駐車場の薄暗がりの中でもゆらめきながら輝いて見えた。

「何だよ《ぬーよ》？　コロナ明けだし、始業式だし、そういう空気じゃなかったやし」

「それをそういう空気にするのが部長の役目だろ」

「新しい顧問も来てなかったやっし。そう思うんだったら、お前《ヤー》がみんなに言ったらいいさー。何だば、腹立つ《ワジワジする》」

広い夕暮れの空をこんもりした雲が流れていく。ユーイーの短い髪を風がかき乱す。

「あぁ、尚ニーニー、早く来ないかなぁ」

「またニーニーか。お前も、そろそろニーニー離れしれ」と琉が言った。

「毎日車に乗せてもらってるやつが、偉そうに言うなー」

バス通学組や徒歩組の部員たちが正門に向けて歩いていくのが見えた。同期の何人かがユーイーたちに気づき、手を振ってくる。ユーイーも思い切り手を振り返した。ニヤニヤした顔をしているのは、ユーイーと琉の関係を冷やかしているつもりなのだろう。

琉は優等生《ユウディキャー》なのに、わざわざ西原に入ったのはユーイーと一緒にいたいからではないかと冗談半分に言う者もいた。「本当は付き合ってるの?」と聞かれたのも一度や二度ではない。

(すごく《しに》どうでもいい。学校の中で好きだの嫌いだの、誰と誰が付き合って別れたの、誰がイケメンだの可愛いだの。おまけに、なんでワンとリュウだば? しにくだらん)

ユーイーがうんざり顔で振っていた手を下ろした。すると、部員たちと入れ替わりに正門から入ってくるオンボロのワーゲンバスが見えた。外装はあちこち錆び、いまにも古びたエンジンに穴が空きそうな音を立てて走ってくる。

薄緑色の車体はつんのめるようにして止まろうとしたが、ユーイーたちの前を少し通り過ぎた。ユーイーの目に、3列シートの最後列に置かれた。布に包まれた三線が目に入った。車はギアを切り替えて少しバックする。サイドブレーキが悲鳴のような音を立てた。

「おう」

派手なハイビスカス柄《アカバナー》のかりゆしウェアを着た赤嶺尚《なお》がぶっきらぼうに言った。

尚は焼けた肌で彫りが深く、琉と同じ沖縄顔《ウチナージラ》なのだが、どこか優しさがある琉とは違い、すべてを貫くような鋭い目つきをしている。無精髭を生やし、癖のある少し長い髪を後ろに撫でつけ、首には金のネックレスをぶら下げていた。

「来た来たー」

ユーイーはにこにこしながら助手席に乗り込む。

「ニーニー、ハイサイ」

琉は後ろのドアを開け、ぺこっと頭を下げながら2列目のシートに乗り込んだ。ユーイーが尚ニーニーの隣、琉は後ろ。それが定位置だった。バスはガガッとエンジンを鳴らして走り出した。

「今日は楽器は置いてきたのか?」とニーニーがユーイーに尋ねた。

「やっと学校で毎日練習できるようになったから、ビーチ自主練は終わり。また大会が近づいたらやるさー」

ユーイーはそう言ってから、ニーニーの首元のネックレスに手を伸ばした。

「これ、なんだば?」

ニーニーはうざったそうに顔を背けた。

「運転中だろ、やめれや」

「ニーニーらしくない。遊び人《アシバー》みたいやっさ」

「俺《ワン》の勝手やし。ほっとけ」

そんな言い方も、ユーイーには慣れたものだ。

「どっかで三線弾いてきたば?」

「おう」とだけニーニーは答えた。

車内にはラジオが流れていた。ロシアがウクライナに侵攻したというニュースをアナウンサーが伝えている。

「戦争はイヤだねー」

ユーイーの声は妙に乾いて車内に響いた。

続いてラジオでは5月の記念式典の話題に変わった。始業式で校長も新しい担任も、今年が沖縄がアメリカ軍の統治から日本に復帰して50年に当たるという話をしていた。

(今年は創部40周年で、沖縄復帰50年。ウクライナで戦争が始まって、オランダで世界音楽コンクールがある。これからもいろいろ起こりそうな予感がする年さー)

ユーイーはラジオを聴きながら思った。フロントガラス越しに空を見上げる。さっき見た雲がさらに頭上に流れてきていた。今夜は雨は降らないだろうが、あと1カ月もしたら沖縄は全国でもっとも早く梅雨入りする。いまはまだ湿度もそれほどではない。

「ワンはこの季節がいちばん好きやっさ」

ユーイーは全開になった窓から流れ込む心地よい風を上半身に浴びた。目を閉じると、夢を見ているみたいな気持ちになる。

どこか遠い遠いところ、広々とした場所に立って風を浴びているような――。

「このままずーっと、死ぬまでニーニーとドライブしてたい」

ユーイーは目を閉じたまま笑みを浮かべた。

「バカか《フラー》」とニーニーは苦笑した。

「永遠のドライブさー。リュウも一緒に行くば？」

ユーイーが振り返ると、琉は「遠慮しとく」とそっぽを向いた。

『学校、終わったよ』

スマホで父の比呂士《ひろし》にメッセージを打ったが、返事がなかった。

美久はすぐに諦め、学校の前からバスに乗った。正しい路線に乗れたのか不安になりながら美久はシートに腰を下ろした。窓の外を見慣れない風景が過ぎていく。道端の街路樹や町並みは本土とは違っていて、美久の心を余計落ち着かなくさせた。覚えていた乗り換えのバス停で一度降り、しばらく待ってやってきた別のバスに乗って、家のある中城村を目指した。

高校から家まではは距離的にはそこまで遠くはないのだが、バスの本数が多くない上、乗り換えもあるので、トータルの時間はけっこうかかってしまう。

東京とは違い、沖縄が車社会だということを今朝、比呂士に聞いたばかりだった。

「連絡くれたら、迎えにいくよ」

朝、軽自動車で美久を学校まで送ってくれた比呂士は別れ際にそう言った。だが、きっといまは眠っているのだろう。

東京で一緒に暮らしているときからそうだったが、父の生活時間はめちゃくちゃだ。朝方に寝て夕方起きることもあれば、午後8時ごろ寝て深夜に起きることもある。今朝送ってくれたときも、夜中ずっと起きていて、まだ一睡もしていなかったはずだ。帰ってからずっと寝ているのだろう。

父のそういった生活スタイルに接するのは5年ぶりだった。

どうにか目的のバス停にたどり着いた。バスを降りると風がぺたっと肌に張りついてくる。スマホのマップを頼りにしながら、国道沿いから海のある東の方角へ歩いた。少し進むと人家はなくなり、ビニールハウスと、ウージや芭蕉が植えられた畑が続く。その風景は物珍しくもあり、心細くもあった。

まだ日没までは時間があったが、美久は足早に道を歩いた。

沖縄の道は、なんだか白くて眩しい。2日前、那覇空港から父の車で中城村へやってくる途中も、道の白さ、家々の壁の白さが印象に残った。赤い瓦の屋根が多く、上に乗っている動物のような置き物はシーサーというのだと父が教えてくれた。

春休みに入ったらすぐに沖縄に来て新生活の準備をすればよかったのかもしれない。東京でぐずぐずしているうちに出発が遅れ、始業式の直前になってしまった。

道の左右のウージが海風にざぁっと鳴った。

昨日、車の中で「沖縄に生えているカヤはずいぶん大きいんだね」と言うと、「それはサトウキビだよ」と父に笑われた。

砂糖の原料になると社会科で習ったその植物は、風の中で無数の鋭利な葉を前後左右に揺らしている。絶え間なく葉音が響き、美久は「お前はよそ者だ」と言われている気がした。美久が歩くと横でざざっと鳴り、早足になるとそれに合わせるかのようにざーっと音も走る。まるでウージの中に潜んだ何かに追われているようで、美久は最後は小走りになって道を進んだ。

平屋の古びた小さな借家にたどり着いた。東京では見たことがないアルミのドアを開け、薄暗い室内に入った。ボサボサ頭の比呂士がテーブルに座り、コーヒーを飲んでいた。

「お帰り。よくひとりで帰ってきたね」

比呂士はさして驚きもせず、ふわふわ笑った。

「連絡したよ、さっき」

美久が言うと、比呂士はテーブルの上のスマホを見て、あぁ、本当だ、ごめんと言った。

「いまご飯食べたとこ」

テーブルの上には『なかよしパン』の袋がある。カエルのイラストが描かれたなかよしパンは沖縄ではポピュラーなパンなのだと昨日父から教えられたばかりだ。

「いまそんなの食べて、晩ご飯食べられるの？」

「2時間もすれば、おそらく」

美久は冷蔵庫を覗き込んだ。

「今日の分はあるけど、何か食材を買ってこなきゃ」

「お父さんが買いにいくよ。美久は学校が始まって忙しいだろう」

「ありがと。じゃあ、必要なもののメモしておくね」

東京でも母が練習《レッスン》や教えに夢中になっていたり、公演などで遠方へ行ったりしている間はひとりで食事を作って食べていた。手抜き料理、時短料理もだいぶ覚えた。しんとしたダイニングで、自分ひとりだけの食器の音や咀嚼音が聞こえるのにも慣れていた。

美久は部屋に荷物を置くと、制服のまま玄関に戻って靴を履いた。

「ちょっと出かけてくる」

比呂士の返事を待たずに美久は家を出た。

海へ行こう。またあの子——ユーイーと呼ばれていた子と出会うのではないかと気になったが、部活があるから学校からはまだ帰っていないだろうと思った。

と、家のすぐ前の道に出たとき、通りかかった車が美久の目の前で止まった。ギギッとブレーキが軋んだ。

「ヤーは誰かー？」

運転席から顔を出した若い男が声をかけてきた。焼けた肌の中にくっきり浮かんだ目が、美久を見据える。男は美久の体を無遠慮に眺め、美久は思わず後ずさった。

「西高、通っとるば？」

美久が要領を得ない顔をしていると、「西原高校か？」と男は言い直した。

美久は、男が自分の制服を見てそう言ったのだとようやく気づいた。

「今日から転校してきて……」

「ヤマトンチュか。ヒロシーさんの関係か？」

父がヒロシーさんと呼ばれるのは違和感があった。父の知り合いなのだろうか。

「鷹栖比呂士の、娘です」

「まさかやー」

男は唇の端を歪ませて笑うと、エンジンをブルンと鳴らし、車を走らせて行ってしまった。ウージに囲まれた道を遠ざかっていく薄緑色の古びた車体を見送りながら、「何なのよ……」と美久は小声で言った。

気を取り直し、道を歩いて海岸に出た。コンクリートの堤防に立ち、周囲を見回した。思ったとおり、ユーイーの姿はなかった。これなら踊れそうだ。昨日、生まれて初めて沖縄の海に出ると、無意識のうちに踊りはじめていた。つい夢中になって、あの子が来たことに気づかなかったのは失敗だった。

日が暮れかけているせいか、気持ちのいい風が吹いていた。

海を見ていると、自然と背筋が伸びた。手足をゆっくり動かしてみる。コンクリートの堤防の上でスニーカーの底がザッザッと音を立てる。自分の体と足下の感触を確かめた後、美久はブレザーのポケットからゴムを取り出し、長い髪を後ろでポニーテールにした。両手を水平に広げ、左足を前に置き、右足を後ろに引く。自然と顔には笑みが浮かぶ。

頭の中に流れてくるのはチャイコフスキーの《白鳥の湖》。「黒鳥のグランフェッテ」の音楽だ。白鳥であるオデットに恋したはずの王子を、オデットと同じ姿で誘惑し、虜にしてしまう黒鳥のオディール。明るく軽快な音楽に合わせ、黒鳥は32回転のフェッテという連続ターンをする。バレエにおける屈指の名場面であり、超絶技巧が要求されるのがグランフェッテだ。

美久は視線を水平線の少し上に浮かんだ雲に定め、ターンを始めた。1回、2回……最初は軽やかだ。3回、4回……徐々に軸がぶれる。水平まで太腿を持ち上げながら蹴り出す脚に制服のスカートが絡む。胸の高さで両手を開いては閉じるときにはブレザーが窮屈だった。なぜ家で脱いでこなかったのだろう。

そもそも、なんで自分は踊ったりしているのだろう。

あんなにフェッテが苦手だったのに。あんなにバレエが嫌だったのに——。

ふと、目の前に羽田空港の南ウイングの通路を歩き去っていくほっそりした後ろ姿が浮かんできた。それと同時に美久はバランスを崩し、回転は15回で止まった。息が乱れ、顔から笑みは消えていた。

「何やってるんだろ……」

そんな言葉が薄い唇の間からこぼれた。

美久はしばらく呼吸を整えると、もう踊るのはやめて堤防から浜へ下りた。

沖縄の海というのは、どこでも真っ白な砂浜や豪華なホテルがあるものだと思い込んでいた。目の前の海は浅い水面にゴツゴツした平たい岩が頭をのぞかせている。水は透き通っているが、泳ぐのは難しそうだ。浜も白いといえば白いのだが、砂ではなく、ふぞろいの小石のような塊が転がっている。

(私、本当に入るのかな。あの高校のマーチングバンドに……)

美久はふと思った。

さっき、学校でミッツはスマートフォンでショーの動画を見せながら、美久にマーチングについて教えてくれた。それは5年前にオランダで行われた世界音楽コンクールに西原高校マーチングバンドが出場したときの動画だった。

緑の芝生の上で、赤と白の華やかな衣装を着た奏者たちが絶え間なく動き回りながら管楽器を演奏していた。同じように動きながら打楽器を叩いている者もいた。指揮者の近くで動かずに演奏している者たちもいる。そして、道具を振り回しながら踊る者たち――。

「サックスとかトランペットとかを吹いてるのがブラスね。打楽器を叩きながら動いてるのはバッテリー。それから、同じ打楽器だけど、指揮者の前で動かずに演奏してるのはピット――」

その名前は知っている、と美久は思った。ピット、オーケストラピット。バレエが上演されるとき、ステージと客席の間のオーケストラが演奏する場所。きっとそれと同じ意味だろう。

美久が驚いたのは演奏の音だ。スマホの小さなスピーカーを通しても、音の大きさと迫力が伝わってきた。しかも、奏者たちは絶え間なく動き回りながら楽器を奏でているのだ。呼吸も体力もきついはずだが、それをまったく感じさせない。相当な練習を積まないとできないことだということが美久にはわかった。

自分も教え込まれてきたからだ。本番の美しい踊りは、絶え間ない地道な努力と体力、精神力でできている。

「演奏、すごいです」と美久は言った。

「西原マーチングにしかできん音よ」とミッツは胸を張った。

ブラスとバッテリーは芝生の上を激しく動いていた。人の列で二重の円を描いたかと思うと、すぐにまた形を変え、Sをふたつ重ねたような形、あるいは四角形などを作り出していく。音楽と動きが連動し、それぞれの迫力が相乗的に増していることに美久は気づいた。

「この図形には何か意味があるんですか?」と美久は尋ねた。

「うーん、特にないと思う」とミッツは笑った。「でも、なんかすごくて、かっこいいでしょ?」

「はい」と美久も微笑み、画面に視線を戻した。

何よりも美久が目を奪われたのは、カラーガードだった。動画の中のカラーガードは女子部員のみ9人。全身を包んでしまえそうな大きなフラッグを振ったり、ライフルやサーベルの形をした道具を空中で回転させてキャッチしたり、何も持たずに踊ったりしていた。

音楽に合わせて踊るというのはバレエと同じだ。しかし、バレエでは道具を使いながら踊ることはあまりないし、音楽を奏でる奏者が一緒に演技を行うということもない。マーチングにはクラシックバレエのような物語はないようだし、音楽もクラシックではなく、ビートルズの音楽を編曲したものだった。カラーガードの動きにはバレエに似たところもあったが、コンテンポラリーや、もっと自由なダンスの要素も入っていた。

(楽しそうだな……)

美久は素直に思った。見ていると、体が自然に動き出しそうになってくる。何より道具を使うようなバレエとはまったく違うところがあるのがよかった。

美久が前のめりになってきているのを見て、ミッツは嬉しそうに言った。

「マーチングは演奏だけじゃなくて動きやパフォーマンスもあるから、初めて見る人でも楽しめるわけさー。どう、ミーク、やりたくなってきたでしょ?」

画面の中でブラスとバッテリー、カラーガードは決してぶつかり合うことなく、縦横無尽にフィールドを動き回っていた。バレエでも群舞《コール・ド・バレエ》という集団の踊りはあるが、フィールドの広さも人数も違う。奏者は大きな楽器も持っている。もしぶつかったりしたら大怪我をしそうだが、お互いが巧みに交差し合い、常に必要な距離を保って演奏と演技をしているのは美久には驚異だった。

「カラーガードこそマーチングの華よ。それぞれのパートがプライドを持ってて、自分のパートがいちばんだと思ってるけど、間違いなく華はカラーガードだわけさー。ねぇ、ミーク、私たちと一緒にやろ? 今年は世界音楽コンクールもあるし、全国大会もある。きっとすごく充実《でーじ》した1年になるよ」

　動画を見終えると、ミッツが言った。

「全国大会で優勝すると世界大会に出られるんですか？」と美久は質問した。

「そのふたつはまったく別もんさー。全国大会は正式にはマーチングバンド全国大会っていって、毎年行われてるの。毎年年末に大編成・中編成・小編成って人数ごとに分かれて行われるんだけど、西原は中編成。沖縄大会で代表に選ばれたら全国大会に出場できるの。会場はさいたまスーパーアリーナさー。知ってるねー？」

　行ったことはないが、有名なアーティストがライブを開くところで、電車の窓から巨大な施設を目にしたことはある。そんな場所で高校生がマーチングできるのかと美久は驚いた。

「で、世界音楽コンクールのほうは4年に1回の大会。人呼んで『音楽のオリンピック』さー！動画や書類の審査で選ばれた団体が世界中から集まってくるわけ。人数制限なし、年齢制限なし。OBの先輩から聞いた話だけど、大人のバンドもたくさん出てくるから、なかなか大変な戦いらしいよ。本当は去年行われるはずだったけど、コロナで延期になって今年開催。まぁ、今年も延期になる可能性がないわけじゃないけどねー」

「会場はどこなんですか？」

「ケルクラーデ。国は……オランダだったっけ」

　それを聞いた瞬間、美久の胸に楔《くさび》でも打ち込まれたかのような衝撃が走った。

「西原マーチングはこれまでベストインターナショナル賞っていうのはとったことがあるけど、ワールドチャンピオンはとったことがないわけ。ユーイーたちは今年こそ世界一をとるんだって気合い入ってるの。ベストインターナショナル賞っていうのはね……」

その後のミッツの説明はほとんど頭に入ってこなかった。

オランダ、オランダ……オランダってあのオランダだよね……？

まさか沖縄までやってきてその国の名前に突き当たるとは思ってもみなかった。世界音楽コンクールはオランダで開催される——。

海のほうから強い風がびゅうっと吹いてきて、美久は回想から現実に引き戻された。目の前にある海の上にさざなみが立っていた。

マーチングバンドに入ったら、オランダに行けるかもしれない。予想もしていなかったことだ。でも、実際オランダに行ったからといって何かが解決するのだろうか。そもそも自分はマーチングやカラーガードができるのだろうか……。

美久は浜辺にしゃがみ込み、足下に転がっている白い塊をひとつ拾った。軽くてかさついている。これはいったい何だろう。美久は白いものを指先で転がしながら眺めた。

「人骨やっさ」

不意に背後から声が聞こえた。

美久は反射的に手にしていたものを投げ捨てた。振り向くと、まん丸い顔をした老人がにこにこ笑いながらコンクリートの堤防に腰掛けていた。白い帽子をかぶり、半袖のかりゆしウェアを着て、手には三線を持っている。

「77年前の戦世《いくさゆ》、ウチナンチュもヤマトンチュもたくさん死んださー。沖縄《ウチナー》の海に転がるのは人の骨。ウージの根元を染める紫の色は人の血やっさ」

美久は足下に転がった無数の白い塊を見下ろし、思わず後ずさった。すると、老人は周囲に響き渡るような笑い声を上げた。

「ウソさー！　ウソ、ウソ！　それはただの珊瑚の欠片《かけら》さー」

美久《ゆくし》は顔をこわばらせたまま老人を見つめた。足下にあるのは本当に珊瑚なのだろうか、それとも実は人骨なのだろうか。そして、この老人は誰なのだろう？

美久は混乱したが、老人はお構いなしに三線を構え、弦を爪弾きながら歌いはじめた。

赤田首里殿内《あかたすんどぅんち》　黄金灯籠提《くがにどぅーるーさ》ぎてぃ　うりが灯《あか》がりば　弥勒御迎《みるくうんけー》――。

少し鼻にかかった、太くて心に染み入ってくるような歌声。歌詞の意味もわからなかったが、リズムもメロディもいままで聴いたことがない異質なものに感じられる。

老人は笑みを浮かべ、東の水平線を眺めながら歌い続けた。

しーやーぷー　しーやーぷー　みーみんめー　みーみんめー――。

美久はなんだか急に怖くなり、逃げ出すように浜を後にした。背後から三線と歌が聞こえてくる。道端に見えるウージの根元は、老人が言ったとおり薄紫色に染まっていた。

美久はそれを見ないようにしながら、家へと走った。夕暮れが海の向こうから迫っていた。

5　朝練

波打ち際で眠ってしまったのかと思った。

枕に押しつけられた美久の右の耳には、かすかに波音が響いていた。音は地面の下から聞こえる気がした。浜に寄せ返す波が陸地を伝って家の下まで届いているのだろうか。左耳にはサワサワとウージの葉音が聞こえた。

重い体を起こすと、全身がうっすら汗ばんでいた。室内の空気が濃い。

「東京じゃないんだっけ……」

美久は思わず愚痴のようにつぶやき、ため息をついた。

すると、唐突に玄関のチャイムが鳴った。時計を見ると、まだ午前6時すぎだ。父は眠っているのか、動き出す音が聞こえてこない。

美久は恐る恐る玄関へ行き、薄くドアを開けた。あのユーイーという子が立っていた。

「まだ着替えてないば？」

「え？」

「朝練は7時からどや。ミッツに聞かんかったば？」

そんな話は初耳だ。ユーイーの後ろには昨日見た車が停まっている。運転席の窓から男が「よう」と言った。後部シートにはマーチングバンドにいた男子の横顔が見えた。

そもそもまだ入部すると決めたわけではない。だが、マーチングやカラーガードに興味はあったし、ミッツが口にしたオランダという言葉も忘れられなかった。それに、いまさら「行かない」とは言えない状況だった。

海風が吹き、ウージがザザッと鳴った。美久にはそれが自分の人生に吹いてきた追い風のように思えた。

「すぐ準備します」

美久は慌てて家の中に戻り、制服に着替えた。それから、寝ている父に「今日、送らなくていいから！　お昼は適当に食べて！」と投げ捨てるように言った。

家を飛び出すと、ユーイーに「なんで制服着てるば？　朝練だから、部着だろ」と言われた。

「部着って？」

「ミッツは何も教えてないやっし。部着がなかったら、体操服でいいさー。急いで着替えれ！」

美久はまた部屋に戻り、制服から体操服に着替えた。外に出ると、今度は「何してるば！　制服も持っていくわけよ！」とユーイーに言われ、急いで取りに戻った。

制服を雑に畳み、体操服の入っていた袋に無理やり突っ込んで外に出た。前の道でユーイーが楽器を持つように両手を前に掲げ、行進の練習をしていた。

「ミッツに聞いたけど、ミークは本当にマーチングの経験がないんだってなー。これは前へ進め《フォワードマーチ》やっさ」

ユーイーは言った。

「ミークはカラーガードに入るんだば？　ガードにはアタシたち《ワッター》とは違った演技の仕方とか練習法とかあるから、いろいろミッツに教えてもらえばいいさー」

「……はい」

美久は寝癖が残っていた髪を両手で撫でつけながら、後部シートに乗り込んだ。

「お、おはよう……」

美久が隣にいる琉に言うと、「ああ」という面倒くさそうな声が返ってきた。

「お待たせして、すみませんでした……」

運転席の男は何も答えずにタバコに火をつけると、「じゃあ、行くかー」と車を発進させた。

窓の外はまだ薄暗い。沖縄は、東京よりも日の出も日の入りも遅い。蒼ざめたウージが風に揺れていた。

「どうして……家が分かったの？」と美久はおずおず尋ねた。

「近所だし、昨日、尚ニーニーが見かけたって言ってたさー」とユーイーが言った。「アンタ《ヤー》はまだ正式に入部してないさ？　やしが、ニーニーがどうせなら連れてってやれって言うからよ」

尚ニーニーというのは運転している男のことだろう。ニーニーというのはお兄さんという意味だろうか。

「……ありがとう」

よくはわからないが、とりあえず美久は礼を言った。

「ヒロシーさん、作家なんだっけ？　いつも昼まで寝てるば？」

「なんで知ってるの⁉」と美久は驚いた。

「昼間で寝てると思えば、朝っぱらからうろうろ散歩したり、道端に突っ立って考えごとしたり、変わりもんのヤマトンチュやし。このへんの人はみんな知ってるさー。子どもがいるとは思わんかったけどな」

父の比呂士は確かに作家だ。美久が生まれるよりも前に新人賞をとってデビューした。その1作目が少し売れたが、その後に出した数冊はろくに売れないまま絶版となり、鳴かず飛ばずの状態が続いている。世間にもほとんど知られていない。

まだ母の麻里と一緒に東京で暮らしているころは、たまに芸能人や文化人などのインタビュー記事を書いたり、企業のウェブサイトに載せる文章を頼まれたりしていた。麻里のことを書けばいいのではないかと美久はよく思ったが、比呂士は小さな記事であろうと麻里について書いたことはなかった。沖縄に来てからは観光情報サイトに記事を書くなどしているようだが、美久は比呂士の仕事ぶりを詳しくは知らない。いずれにしても、収入が多くないことは確かだ。まだ小説を書いているのかどうかもわからない。

「部活の後も、ユーイーたちと一緒にこの車で帰ればいいさー」

尚ニーニーがタバコをくわえたまま後ろを振り返って言った。

「まだ正式に入ってないって言ってるやし……」とユーイーは唇を尖らせた。

「今日は部活に出るんだば？　じゃあ、一緒さー」

車は国道を大きく曲がり、坂を上っていった。

美久はシートの上で体をもぞつかせた。居心地が悪く、落ち着かない。まだ沖縄にも、知り合ったばかりの人たちにも慣れていない。だが、よく考えてみれば、東京にいるときだって、ずっと居心地は悪かった。自分はどこへ行っても居心地が悪いままなのだろうか。

羽田空港で背を向けて歩き去っていく母の後ろ姿がまたよみがえってきた。

（お母さん、私はどこへ行けばいいの……）

窓の外を沖縄の風景がぼやけながら流れていった。

『西原総合高等学校マーチングバンド　世界一顕彰碑』

記念碑にはそう刻まれていた。

学校の正門から少し入ったところに鎮座する大きな横長の石で、ニーニーの車を降りた後、ユーイーが美久を連れてきたのだ。台座の部分には『２００１・２００５・２０１７年　ベストインターナショナル賞』と刻まれている。

「ここの下んとこ。スペースが空いてるさー？　ここに今年、『２０２２年 ワールドチャンピオン』って入るわけ。ワッターが本当の世界一になるわけさー」

ユーイーが自信満々に言った。

世界一。実際にそうなるかどうかは別としても、マーチングバンドに入部するということは、自分も世界一に挑むメンバーになるということだ。美久には現実味が感じられなかった。

と、記念碑の下のほうに刻まれている世界大会の説明部分が美久の視線をとらえた。

「オランダ・ケルクラーデ市で開催された第15回WMC世界音楽コンクールで――」

オランダ。その言葉が美久の心に食い込み、マーチングという未知のものと自分を結びつけるワイヤーのようになっている。ケルクラーデという街はアムステルダムからどれくらい離れているのだろう？

「いつまで見てる？　朝練に遅れるぞ」

すでに先に歩きはじめていた琉が振り返り、低い声で言った。

「リュウは無愛想に見えるかもしれんけど、なかなかいいやつよ」

ユーイーはそう言うと琉のほうへ走り出し、美久も慌てて後を追った。校内の道の左右にはフクギやクワディーサーが植えられていた。コンクリートの階段を上がって校舎の3階へ行くと、音楽室や廊下ではすでにブラスやピットのメンバーたちが楽器を鳴らしはじめていた。日が昇りはじめ、外はだいぶ明るくなってきている。

「ミーク、朝練から来たね！　じゃあ、カラーガードの練習場所に行こっか」

ミッツがさっそく美久を捕まえた。

「頑張れよ《チバリヨー》」

ミッツに連れられて音楽室を出るとき、ユーイーが言った。ユーイーはボロボロの麦わら帽子をかぶり、銀色の楽器を手にしていた。海で初めて会ったときにも持っていた楽器だった。

「パートごとに練習場所が違うんですか？」

さっき上ってきたばかりの階段を下りながら、美久はミッツに尋ねた。

「そうだよ。ブラスは音楽室とかグラウンド。ピットは楽器が大きくて移動が大変だから、だいたい音楽室の前の廊下。バッテリーは廊下の外にあるバルコニーか、ブラスと一緒にグラウンド。私たちカラーガードはピロティが多いよ」

ミッツは美久をピロティへ連れていった。校舎の1階部分を多目的に利用できるようにしたスペースだ。

そこではすでにカラーガードのメンバー3人がストレッチをしていた。昨日紹介を受けた3年のリンカー、2年でふわふわした不思議な雰囲気を持つ「サクラー」こと大里さくら、丸顔が特徴の

「マキマキ」こと豊原真希だ。

「連れてきたさー。ミークが入ってくれて、やっと5人よ」とミッツが言った。

「マジメに新入生入れんと、この人数じゃまずいですね」とマキマキが言った。

「とりあえずミーク、一緒にやってみようか」とミッツが美久に向かって微笑んだ。「まず、靴と靴下を脱いで裸足になって」

「裸足ですか……?」

美久は驚きながらも、言われたとおり靴と靴下を脱いだ。気温が高いせいか、コンクリートの床は思ったほど冷たくはなかった。ただ、その硬さが皮膚と筋肉と骨に伝わってきた。

(こんなところで裸足でやるんだ。足、怪我しないかな……)

バレエをやっているときは、スタジオの床にぺたんと座ってトゥパッドを足先にはめ、シューズを履く瞬間がひどく嫌いだった。けれど、コンクリートの上で裸足で練習すると聞くと、何でもいいから履かせてほしいと思う。バレエで傷んだ足を見られるのも嫌だった。

ブラスとバッテリーのメンバーが楽器を持って階段を降りてくると、目の前を通り過ぎた。グラウンドに行って練習するようだ。その中には麦わら帽子をかぶったユーイーや、大きなチューバを左肩に担いだ琉の姿もあった。琉は半袖のTシャツから伸びた浅黒い腕に筋肉を浮き上がらせながら、平然とした顔をして金属の塊を運んでいった。

「ブラスとバッテリーは大変さー。うちらは軽くてよかったよね」とマキマキが言った。「カラーガードは手具《やー》くらいだし、使わんときは置いとけるし」

「お前は道具の重さでパートの良し悪しを判断してるば?」

リンカーが睨むと、マキマキはペロッと舌を出しながら「ごめんなさい《わっさいびーん》」と謝った。

「怒《ワジ》られたー、怒《ワジ》られたー」とサクラーが手を叩きながら笑った。

「あの……どうして裸足でやるんですか？」

美久が尋ねると、リンカーがそんなことを聞くのかというような白けた表情で答えた。

「足の裏で地面をしっかりつかんで演技するためよ。靴なんか履いて、大地を感じられるわけないやし。言っとくけど、西原マーチングのガードは本番も裸足だから」

「練習から本番まで裸足でやるガードは全国でも西原マーチングくらいって聞いたことあるさー」

とミッツが言った。

「アタシたち《ワッター》にとって裸足はプライドだわけ。覚えておきな」

リンカーはきつい口調で続けた。

(自分から進んでここに来たわけじゃないのに、なんでそんな言い方されなきゃいけないのよ)

美久はそう思いはしたが、口には出せなかった。

「まあまあ、リンカー、ミークはこれから一つ一つ覚えていくんだから、いきなり厳しく言わんであげて。じゃあ、ミーク、基礎からやってみようね」

リンカーたち3人が見守る中、ミッツの指導が始まった。

「まず、最初は姿勢から。カラーガードの基本はとにかく姿勢だわけさー。何をやるにも姿勢ができてないと変な癖が出てきれいじゃないし、みんなとも合わないわけ」

「はい」

「ガードの姿勢は下から、つまり、足下から上へと作っていくの。さっきリンカーが言ったみたいに足の裏で地面をつかむようにしっかり立ってみてくれる？　つま先を60度くらいに開いて」

美久は言われたように両足を開いた。バレエでは両足を正反対に１８０度開くのが基本だから、狭い角度で立つのは少し意外だった。

「両膝は正面じゃなくて、少し外向きに、つま先と同じ方向を向くように。内腿に力を入れてできるだけ腿と腿を合わせる。そうそう、できてるねー」

「ミーク先輩、脚が細いし、デージきれいさー」

マキマキが言った。丸顔の真ん中で小鼻が膨らんでいる。どうやらマキマキは感情が高まるとそうなるらしい。美久は知り合ったばかりの、自分よりも経験のあるマキマキに「先輩」と言われることに違和感を覚えた。そもそも部活動をしたことがなかったから、先輩後輩という関係自体がよくわからない。

ミッツが姿勢の指導を続けていった。

「背中は反らずに、尾てい骨を下に向ける感じで。お腹に力を入れて、胸を張って、肩には力を入れない。肩から腕、指先が円を描くように両手を前に出して――」

美久の体は自然に動いた。腕のポジションはバレエのアンバーという手の位置だとすぐにわかったからだ。

そして、ハッとした。４人が自分のことをじっと見つめていた。

「ミーク、あんた、バレエやってたば？」と低い声でリンカーが言った。

「えー、そうなの？　バレエ経験者なら即戦力やさ！」とミッツが目を輝かせた。

美久は慌てて腕のポジションを崩した。

「いや、やってないです……。バレエは、見るのは好きだったけど、やったことはない」

消え入りそうな声で言った。嘘《ゆくし》やっさ——海で出会った老人の声がよみがえってきた。

「やったことないのにできるなんて、ミーク先輩は天才さー」

サクラーがおどけたような声で言った。

「ふーん、そっか。普通はできるまで1年くらいかかるのに。とにかく、ミークは有望株だね。じゃあ、せっかくだからみんなで姿勢。一緒に1分間キープしてみよう」

ミッツはそう言うとスマホのタイマーをセットし、全員でまっすぐに立った。美久はわざと少し脚をもぞつかせたり、背筋を丸めたりした。リンカーの鋭い視線が怖かった。

まっすぐに立ったまま、無言の時間が流れる。グラウンドのほうからはブラスとバッテリーの音が、校舎の上のほうからはピットの音が響いてきた。登校してきた学生たちが前や横を通り過ぎ、物珍しそうな視線を向けてくる。カラーガード全員ではなく、美久を見ているように思える。自分がヤマトンチュだからだろうか。

「オッケー。じゃあ、次はバレエ基礎をやってみよう」とミッツが言った。

バレエという単語に反応してしまいそうになる。次は失敗しないようにしなければ、と美久は思った。

「動きは何種類かあるけど、いちばん基本的なところからね」

ミッツがアンバーの位置に両手を持っていくと、横からリンカーが手を叩きながら「いち、に、さん、し」とカウントを取った。ミッツはゆったりと鳥が羽ばたくように8拍かけて右手を頭上に持っていき、8拍かけて元の位置に戻した。さらに、左手も同様に上げて下ろし、最後に両手を同時に頭上に上げ、下ろした。

美久は《白鳥の湖》でバレエダンサーがやる羽ばたきを思い出した。ミッツがやっているのはバレエとは違った。もっとシンプルな腕の上げ下げ。ただ、その動きはとても滑らかだった。

「じゃあ、ミークも一緒に。練習ではスマホで音楽を流しながらやってるけど、いまはゆっくりのテンポでやってみよう」

リンカーの手拍子に合わせ、右手を上げ、下ろす。指先の形や優雅な肘の形など、つい自然に体が動いてしまいそうになるが、美久はいかにも「ちょっと筋の良い初心者です」というように意図的にぎこちなさを混ぜた。

左右、両手、とひと通りやった後で、ミッツは微笑んだ。

「やっぱりミークは才能あるのかな。これだけできたらたいしたもんさー。放課後、いまのをもう一回やって、次にボディーワークを教えるね。じゃあ、朝練はこれで終わり。ミークも、みんなも、ホームルームに遅れないように着替えて教室に行ってね」

「はぁい！」とリンカーやマキマキたちが大きな声で答えた。

ミッツはタオルで汗を拭きながら音楽室へ戻っていった。サクラーは「天才先輩、またやー」と手を振りながらマキマキと一緒に去っていった。

「嘘《ゆくし》だば」

不意に声が響き、美久はハッとした。リンカーが腕組みをしながら睨んでいた。また「ゆくし」だ。

「わざと下手くそなふりして、ヤーはバレエやってただろ？」

美久はうつむいた。

「わからんと思ってるば？　ヤーはウチナーンチュを馬鹿にしてるば？」

「馬鹿になんてしてません！」

美久はつい強い口調で答えた。

「じゃあ、ヤーは本当に天才だば？」

「それも違います。ただ……なんとなく自然にできただけです」

そこに、ブラスのメンバーがグラウンドからぞろぞろ戻ってきた。

「ミーク、どうした？　ガードが難しすぎてもう挫折したば？」

事情を知らないユーイーが、手に持った麦わら帽子で汗ばんだ顔をあおぎながら言った。

「逃げんなよ。放課後、必《かんな》ず《じ》部活来いよ」

リンカーはそう言い捨てると、音楽室への階段を上がっていった。

「あいつ《アニヒャー》、なんだば？」

ユーイーは呆れた表情を浮かべながらリンカーの後ろ姿を見送った。

美久は歯を食いしばっていた。

(逃げるなって……何も知らないくせに。私には、もうどこにも逃げるところなんてない。逃げられるものなら、逃げたい──)

ユーイーが不思議そうな顔をして美久を見ていた。

美久は思わず顔を背けた。視線の先には、くしゃくしゃの靴下を突っ込まれた靴が2つの孤島のように転がっていた。

6　平手打ち

放課後、その男はやってきた。

短髪にギョロっとした目、焼けた肌、眉毛は濃く茂り、口ひげを生やしていた。ポロシャツから突き出た二の腕はたくましく、体育科の教師を思わせる風貌だった。

「マーチングバンドの練習場所はここかー？」

校舎を4階に上がったところで男は言った。たまたま通りかかった琉が「そうです。どうぞ」と音楽室の中へ案内した。

音出しを始めていたブラスの面々の視線が集まった。

「誰だば？」

トランペットで首席《トップ》奏者を務めるマサが琉に小声で聞いてきた。

「上原良吾先生」

「マジでか！　ついに来たか！」とマサの目は先生に釘付けになった。

腕組みをした良吾先生は音楽室の真ん中まで進むと、仁王立ちになった。そして、静まり返って自分を見つめている部員たちの顔をゆっくり眺め渡した。カラーガードとピットのメンバーはすでに音楽室を出ていたため、そこにいるのはブラスとバッテリーのメンバーだった。

ユーイーはひな壇の下の空間にしまってある麦わら帽子を取り出そうとしていて、先生の登場に気づかなかった。帽子をかぶって振り向くと、周囲には異様な緊張感が充満していた。

良吾先生と目が合うと、ユーイーの顔から表情が消えた。気をつけろ、警戒しろ、とみんなの態度が物語っていた。だが、部長の自分が引っ込んでいるわけにはいかない。先生の強烈な目力に威圧されながらも、ユーイーは前に出た。

「お前《ヤー》がリーダーか?」

男は投げっぱなすように言った。

「部長の赤嶺唯衣です。どちら様です?」とユーイーはグッと男の目を見返した。

「4月から顧問になった上原良吾だ。よろしく《ゆたしく》」

ユーイーが挨拶を返そうとすると、良吾先生はその隙を与えずに言葉を継いだ。

「お前ら《ヤッター》はいま何しようとしとるば?」

「新入生に向けて、外で部員勧誘のデモ演奏をしようと——」とユーイーは答えた。

「チューニングも、基礎練もしないでからな?」

ユーイーは思わず口をつぐんだ。部員たちがきゅっと身を固くするのが感じられた。

「適当な状態で演奏するってことは、新入生にはその程度でいいって思ってるわけだな。これから入部してもらおうっていう人たちだろ。要は、舐めてるわけさー」

ユーイーが反論しようとすると、マサがそれを遮って答えた。

「早くしないと新入生が帰っちゃうので急いでいました。でも、いまからチューニングをやります」

「いいよ、やらんで。ヤッターのいつもやりよるようにしてみたらいいさー。見せてもらうよ」

ユーイーは部員たちと「どうする?」という視線を交わし合ったが、琉が「行こう」と言ったのを合図に、みんなで楽器を持って音楽室を出た。

「あいつ、口悪いな」

ユーイーがぼそっとつぶやくと、「ユーイーが言うか？」とマサが笑った。

マーチングバンドは正門近くの芝生の上に集まった。世界一顕彰碑がある場所だ。新入生はみんなこの前を通って帰るから、アピールするには絶好の場所だった。

ユーイーたちは芝生の上に並んだ。参加するのはブラスとバッテリーのみ。派手な動きはできないから、脚はステップを踏むくらいで演奏が中心だ。ピットとカラーガードは周囲で手拍子で盛り上げたり、興味がありそうな新入生に声をかけたりする役だ。

ユーイーはカラーガードのほうを見た。ミッツたち4人と少し離れて美久がぽつんと立っていた。そのほっそりした姿は不安げで、顔もややうつむいていた。

(朝はリンカーにきついこと言われたみたいだけど《やしが》、放課後もちゃんと来てるやし)

美久は見た目以上に根性がある子なのかもしれないとユーイーは思った。

初めて会ったときから、いけ好かないやつだという感情があった。さっさと挫折することを期待してもいた。なよなよした東京育ちのヤマトンチュに、西原マーチングの厳しさと凄さを知らしめてやりたいとも思っていた。

だが、部長としては、初心者だろうとヤマトンチュだろうと、ひとりでもメンバーが増えてくれるほうがありがたい。カラーガードだけ見ても、現状の4人では少なすぎる。

もし、ちょっとやそっとで折れない根性があるなら、仲間にしてやってもいい。

美久の隣には良吾先生が立っていた。腕組みをし、つまらなそうな顔をしている。ユーイーは小さく舌打ちをした。

バッテリーのパートリーダーのジョージがスネアドラムをパンッと叩いた。それを合図にブラスとバッテリーのメンバーはサッと楽器やバチを構えた。

スネアのカウントに合わせ、演奏が始まった。《気まぐれロマンティック》というポップソングをマーチングにアレンジした曲だった。定期演奏会などステージ上で披露するステージマーチング用の演目だ。明るく親しみやすいメロディをサックスと金管楽器が奏で、バッテリーが軽快なリズムを奏でる。ピットやカラーガードは笑顔で手拍子をしていたが、美久だけは浮かない顔で手拍子も小さかった。

（なんだば、ヤーは。もっとやる気を見せれー！）

ユーイーは心の中で美久に向かって悪態をついた。

だが、自分が吹いているメロフォンの音、周囲から聞こえてくる管楽器や打楽器の音がすぐにそんな思いを吹き飛ばした。今日も西原マーチングは迫力ある響きを出せている。

（でーじ上等《ジョートー》な音さー！）

ブラスとバッテリーだけだと40人ほど。マーチングの世界では少人数だ。それでも肌がビリビリ震えるような音圧が周囲に響いていた。西原マーチングといえば、この音だ。ユーイーがマーチングを始めたのは中学校に入ってからだが、県内のマーチングイベントに出演したとき、西原マーチングも出ていた。そこで初めて体感した音は衝撃的だった。まるで超大型台風の真っ只中に呑み込まれたようだった。被害をもたらす台風ではなく、全身を流れる血を沸き立たせ、思考をすべて吹き飛ばしてしまうような音とパフォーマンスの嵐だ。

その瞬間、「ワンは絶対に西原高校に入る！」とユーイーは決心した。そしていま、西原マーチングのリーダーとして自分が憧れた凄まじい音楽を奏でている。メロフォンに思い切り息を吹き込みながらユーイーの心は喜びに震えた。

帰宅しようとしていた新入生たちが思わず足を止め、こちらに見入っていた。ミッツやリンカーたちがすかさず勧誘をしにいく。

（ワッターなら本当にワールドチャンピオンになれる！　音楽のオリンピックで金メダリストになれる！）

演奏が終わると、見ていた新入生からパチパチと拍手が起こった。

上気した顔で振り返ったユーイーは、後ろにいた琉と目が合った。ユーイーがにっこり笑うと、琉はほんの少しだけ笑みを返してくれた。琉もいい演奏ができたと思っているだろう。数日前、琉は「俺たちは歴代で最高にやばい代だわけさ」と言っていたが、きっといまは「最高にジョートーな代」だと思ってくれているはずだ。

「これなら、新入部員40人いくんじゃない？」

「そうだよね《やっさー》」

「いやいや、50人はいけるよ！」

まわりで部員たちもそんなふうに喋り合っていた。

すると、良吾先生がゆっくり近づいてきた。

「先生、どうでしたか？」

ユーイーは得意げな顔で尋ねた。

先生はニヤッと笑った。ユーイーが初めて見た先生の笑顔だった。

先生はまるで歌でも歌うようにこう言った。

「いやぁ、ゲロ吐きそうだったさー」

瞬時に部員たちの表情が凍りついた。

「でーじデカい《マギー》音でがなり散らしてるだけで、ただの騒音。空を飛び回ってる米軍機と同じやっさー。そこの石に『マーチングバンド世界一』って書いてあるけど、どこの世界線の話だわけ？」

「なん《ぬー》だと⁉」

ユーイーは顔色を変えて喰ってかかろうとしたが、琉が間に割って入った。

「それが先生の率直な感想ですか」と琉は落ち着いた声で言った。

「率直も率直さー」

先生は不敵な笑みを浮かべたままそう答えると、唐突に横を向いて「おい、そこの女子《いなぐぐわ》！」と手招きをした。

呼ばれたのは、美久だった。美久はなぜ先生が自分に声をかけたのかわからず、困惑しながら数歩前に出た。

「ヤーはいまの西原マーチングの演奏、どうだったば？」と先生が聞いた。

美久は部員たちに注目され、怯えたようにうつむいた。

「ミーク、言ってみれー！　率直も率直にさー！」とユーイーが迫った。

美久は消え入りそうな声でこう言った。

「すごく大きい音でした。ただ、美しく……はなかったと思います」

美久が言い終わるなり、パチンッと音がした。

「ヤーは控えめそうな顔してから、こういうときは本当に率直よや！」

ユーイーはそう吐き捨てた。

ユーイーの右の手には、柔らかな美久の頬の感触が残っていた。


「いきなりビンタはまずいさー。大変《でーじ》なことになったらどうする？」

ベニーが眉間にしわを寄せながらユーイーに言うと、部員たちも「そうだよ《だからよー》」「暴力はいかんさー」と口々に言った。

目の前でユーイーが美久を平手打ちしても、良吾先生は動じることはなかった。冷めた表情で「ヤッターはめちゃくちゃやっさ。どうするか、自分らで考えれー」と言い残すと、職員室のほうへ去っていった。左の頬を赤くした美久は泣いており、琉に付き添われて帰ることになった。母親に車で迎えにきてもらう、と琉は言っていた。

ユーイーたちは気まずさを抱えたまま音楽室に戻ってきたのだった。

「とにかく、ミークはガードの大事な新入りなんだから、ちゃんと謝っといてよ？」

ミッツはカラーガードのリーダーらしく抗議した。

「まだ正式には入部してないやっさ……」とユーイーは小声で抵抗した。

「自分で朝練に連れてきといて、なに言ってるの！」とミッツは呆れ顔になった。

「どっちにしろ、もう来ないかもな」とリンカーは冷めた顔で言った。「ユーイー、ヤーが引っぱたくべきだったのは上原良吾って先生のほうだったろ」

「そんなことしたらユーイーは停学。マーチングバンドも活動停止だよ」

べニーがうんざりした表情を浮かべた。

結局、べニーが「今日はパート練習をして終わりにしよう」とみんなに指示を出し、パートごとに分かれた。重苦しい雰囲気のまま部活の時間が過ぎ、ユーイーはその原因を自分が作ってしまったこと、べニーにフォローしてもらったことを申し訳なく思った。

それに、ほんの少し、美久に対しても——。

美久は良吾先生に強いられ、いきなりみんなの前で発言させられただけだ。美久が口にしたことも、もしかしたら新入生たちも感じていたことかもしれない。ユーイー自身が「自分たちはいい音を響かせている」と思ったのも、もしかしたら自己満足に過ぎなかったのかもしれない。美久がそれを教えてくれたのだとしたら、腹を立てるのはお門違いで、むしろ感謝すべきだったのではないか。

帰りは、尚ニーニーが迎えにきてくれた。ニーニーは琉と美久がいないことについて何も言わなかった。

「もうすぐ夏やっさ」

車が走り出すと、ユーイーはつぶやいた。

「なんだば、急に。まだ梅雨前やし」

尚ニーニーはシフトチェンジをし、ワーゲンバスはガクンと揺れてから加速した。

「ねえ《えー》、ニーニー、今年は旧盆にエイサーあるば?」

「知らん」とニーニーはそっけなかった。

「また道ジュネーでニーニーが歌うとこ見たいさー」

２０２２年は8月10日ごろが旧盆に当たっている。予定では、もう世界音楽コンクールも終わった後だ。果たしてそのとき、道ジュネーは行われるのか。世界音楽コンクールが無事開催され、自分たちはどんな結果を残しているのか。ケルクラーデの会場には、あの美久も一緒に立つことになるのか……。

ユーイーには予想もつかなかった。

中城村のある沖縄本島の東側は、西側よりも早く夜がやってくる。音もなく覆ってくる濃密な闇の中に向かって車は走っていた。

ユーイーは自分の手のひらを見つめた。そこにはまだ柔らかな頬の感触が残ったままだった。

7　カラーガード

玄関のドアを開けると、そこにはユーイーが驚いた顔をして立っていた。朝の少し冷えた風が、ウージのざわめく音とともに入り込んでくる。

「なんだば。出かける準備、できてるやっし」

美久は一瞬押し黙ってから、「ちょっと待っててください」と言って一度家の中に戻った。

「お父さん、今日も友だちのお兄さんの車に乗せてもらえるから、送らなくて大丈夫だよ」

美久はノートパソコンに向かってキーボードを打っていた比呂士に言った。「友だち」という言葉が砂粒のように口の中に残った。

「そうか。それは助かるなぁ」

比呂士はモニターから目を離して美久を見ると、ふわふわ微笑んだ。きっと昨夜も寝ずに仕事をしていたのだろう。そんなにたくさんの仕事を依頼されているわけではないはずだが、何をしていたのだろうか。比呂士は、表情も言葉もどこかうつろだった。

「じゃあ、行ってくる」

体操着姿の美久はバッグを肩にかけて家を出た。

外ではユーイーが待っていた。前のようにフォワードマーチの練習をしたりせず、手を後ろに組んで気まずそうに立っていた。

「あぁ……ミーク。ごめんや」

「え？」

「昨日。いきなりひっぱたいたりして。あの後、みんなにも怒《ワジ》られたさー」

ユーイーはもう一度「ごめん」と言いながら頭を下げた。

「もういいです。私、気にしてないから」

美久は表情を変えずに言った。

「なんでー。ミーク、怒《ワジ》ってないの？」

「うん」

「本当は怒《ワジ》ってる？」

「ううん」

「じゃあ、なんでー？」

なぜ平手打ちまでされたのに、朝から部活動に行く気になったのか。

「マーチングが……面白そうだから」と美久は答えた。

「そっか。それはいいことさー」とユーイーはようやく笑みを浮かべた。

「逆に、なんでユーイーは私を迎えにきたんですか？」

初めて口にする「ユーイー」という呼び名も砂粒のように感じられた。

「リュウに言われたわけさー。ミークは必ず《かんなじ》マーチングを続けるから、迎えにいかんとダメだって。ワンは超気まずい《しにあふぁーだ》し、ミークはもう部活に来ないはずって思ってたわけよ。ごめん」

「本当に、もういいんです」と美久も微笑んでみせた。「ユーイーは正直な人なんですね」

「ワンは馬鹿《フラー》なだけさー」

ユーイーはショートカットの頭を手でガシガシ掻いた。

「私も、ごめんなさい。昨日、失礼なこと言ってしまって」

「いや、最初は腹が立った《ワジワジした》やしが、よく考えてみたら、ミークが言ったことは貴重なご意見ってやつさー。自分たち《ワッター》では気づけんことだったかもしれん。あの上原良吾ってやつにはめっちゃ《でーじ》ひどいこと言われたしなー。あいつ《アニヒャー》、絶対ぶっ殺して《たっくるして》やる！」

美久には最後の言葉がかなり物騒な意味だということは察せられた。それでもユーイーは面白そうに笑っている。きっと冗談のようなニュアンスがあるのだろう。

「おい、いい加減乗れや。朝練遅れるぞ」

尚ニーニーに促され、ユーイーは助手席に、美久は後部シートに乗り込んだ。後部には琉の姿があった。

「伊部君、おはよう」

「下の名前でいい。沖縄じゃみんなそうしてるし、君付けなんて気持ち悪いさ」

琉は低い声でぶっきらぼうに言った。

「うん」

美久は琉の隣に座りながら、顔が赤くなっているのを感じた。

さっき「マーチングが面白そうだから」とユーイーに言ったのは、琉の耳にも届いてしまっただろうか――。


「面白いよ、マーチング」

昨日、そう言ったのは琉だった。

ユーイーに平手打ちをされて泣いている美久を、琉は迎えにきた母親の車に乗せた。美久は途中で泣き止んだが、ずっと下を向いていた。赤く腫れたまぶたや鼻先を見られたくなかった。

車が停まり、琉がドアを開けてくれた。降りると、そこは見たこともない場所だった。

「中学校。俺とユーイーの母校さ」

琉はそう言うと、さっさと歩きはじめた。困惑している美久に、運転席の琉の母親が「ついていけ」と言うように手をひらひらさせた。

琉が向かった先は体育館だった。琉は何の遠慮もなくガラッと扉を開け、靴を脱いで中へ入っていく。美久も慌てて後を追った。中からワッと声が聞こえた。

「リュウニーニーが来たさー！」

騒ぎながら琉のまわりに集まってきているのは体操服姿の中学生たちだった。

「ニーニーじゃなくて、先輩だろ」と琉は苦笑した。

美久は、そんな琉の柔らかい表情を初めて見た。

改めて周囲を見回すと、楽器やフラッグなどがあちこちに置かれている。

「これ、誰かー?」とひとりの男子が美久を指さす。

「もしかして、リュウ先輩の彼女?」

女子が言うと、みんながヒューヒューと琉を冷やかし、興味津々の目で美久を見てくる。

「この人、ヤマトンチュだば。北谷《ちゃたん》でナンパしてきた観光客だろー」

「観光客が西高の体操服着てるか?　馬鹿《フラー》が」

「リュウ先輩、浮気もんさー。ユーイー先輩に怒《ワジ》られるどー」

20人ほどいる中学生たちは大騒ぎだ。

「ほらほら、みんな!　ちょっと静かにしれー!」

手を叩きながら、優しそうな顔をした中年女性が近づいてきた。

「ミチヨ先生、ご無沙汰してます」

琉が挨拶をすると、「そんな他人行儀にせんでいいさー」と先生は笑った。

「この美人《ちゅらかーぎー》さんは誰?　本当に彼女なの?」

「いえ。ミークはうちのマーチングバンドの部員が引っ張ってきた子なんですけど、まだマーチングのことをよく知らんくて、正式に入部するか迷ってるんです」

「そうなの。はじめまして、ここの吹奏楽部の顧問をしてる翁長《おなが》三千代です」

先生に挨拶され、美久は「鷹栖美久です……」とおずおず頭を下げた。

「じゃあ、ランスルーでも見せてあげたらいいのね？」

「もう部活は終わりの時間ですよね。大丈夫ですか？」

「大丈夫さー。西高も同じだと思うけど、うちはこの2年、コロナで思うように練習できてなかったから、そんなにクオリティの高いものは見せられんよ？」

先生の言葉に、琉は頷いた。

「まだ1年生が入部してないから人数は少ないけど、部活紹介でやるドリルの練習をしてたところだから、むしろちょうどいい機会さー。はい、じゃあ、このミークさんにランスルーを披露しますよ！」

ミチヨ先生が言うと、中学生たちは嬉しそうな顔になって「はい！」と返事をした。

ひとりの女子が片側におもりのような膨らみのある長い杖を持ち、整列した部員たちの前に立った。先生は琉の隣におり、指揮はしないようだ。

「あのバトンを持ってるのはナツミー。ドラムメジャーっていう、マーチングの指揮者さー。この中学がやってるマーチングは、西原とは違うスタイルなんだ」

琉がそう教えてくれた。

「ワン、ツー、スリー、フォー」

ナツミーがそう言いながら指揮をすると、演奏が始まった。最初にトランペットが華々しいファンファーレを奏でると、リズミカルな行進曲に合わせて中学生たちがキビキビと行進を始めた。

確かに、琉が言ったとおり映像で見た西原マーチングとは違っていた。中学生たちはドラムメジャーのナツミーを先頭に隊列を組んで規則的に行進した。時折、西原と同じように人の列で図形を作ることもあったが、直線的な動きが中心だった。カラーガードやピットもいない。決して派手な動きではないし、西原マーチングほどの音圧があるわけではないのだが、美久は見ているうちに胸が高鳴ってくるのを感じた。絶え間なく動く何本もの脚、そこここで弾ける笑顔、明るいサウンド――。

美久の視線は自然とナツミーに惹きつけられた。ナツミーはバトンを回転させながら全体を先導し、片足を高く振り上げたり、片手を床に突いて前方倒立回転をしたり、といった演技も見せた。演技の技術がどの程度高いのか美久にはわからなかったが、思わず見入ってしまうような魅力があった。

動画で西原マーチングのショーを見たときと同じように、自然と体が動き出してしまいそうだった。自分もこの中に入って一緒にやりたい、という欲求を覚えた。自然と頬が熱くなる。

「こういうマーチングもいいだろ」と琉が言った。

「なんだか、胸がドキドキしてきます」

美久は視線を中学生たちに向けたまま言った。

「そういうの、沖縄では肝《チム》ドンドンする、って言うさ」

チムドンドン――。

あぁ、わかる、と美久は思った。いま、この沖縄の中学生たちのマーチングを見ていて感じる自分の思いは、「胸がドキドキ」より「チムドンドン」のほうがしっくりくる。ナツミーは、この子たちは、なんて眩しいのだろう。自分もマーチングバンドに入れば、この子たちのようになれるのだろうか。私のような、見捨てられた人間でも……。

最後に中学生たちは「ヘイ！」と声を上げ、ポーズを決めた。6分ほどの演奏・演技が終わり、美久と琉は拍手をした。

ミチヨ先生に呼ばれ、息を弾ませた中学生たちがまわりに集まってきた。みんな照れくさそうな表情をしながらも、笑顔を浮かべている。

「ミークさん、どうでしたか？」

バトンを胸の前で持ったナツミーが言った。

「私、なんて言ったらいいか……」と美久は言い淀んだ。

「思ったこと、何でもそのまま言ったらいいさ」と琉が言う。

「感動しました……」

美久が言うと、中学生たちはワッと沸いた。ただ、それだけではない思いを抱えている。隣にいる琉には見透かされているような気がした。

「あの……ひとつ聞きたいんですけど、皆さんはマーチングをしながら、何を考えているんですか？」と美久は尋ねた。

中学生たちは予想外の質問に戸惑い、コソコソ何か話し合っていた。

「お客さんはミークさんとリュウ先輩の2人だったけど、誰か見てくれる人がいると、でーじ楽しいって私たちみんな思ってました」

ナツミーが言うと、まわりの子たちは笑顔でうんうんと頷いた。

「あと……個人的にはいつも『私の演技を見れー！』って思ってます」

ナツミーの言葉に、みんながドッと笑った。

私の演技を見てくれ——。なんて率直で、屈託なく、明るい思いだろうと美久は思った。きっと幼いころは自分にもそんな思いがあったはずだ。だが、いつしか失ってしまった。

(私、取り戻せるのかな……)

美久は改めてナツミーや中学生たちの笑顔を眩しく感じた。

駐車場で待っていた琉の母親の車に乗り、自宅まで送ってもらった。

美久が車を降りるとき、琉は言った。

「部活、続けるば?」

美久はとっさに何も言えなかった。

「面白いよ、マーチング」

そう言い残し、琉は車のドアを閉めた。

車が走り去り、ウージのざわめきの中に美久は取り残された。そして、頬の痛みをすっかり忘れていたことに気付いた。


マーチングは面白い、私の演技を見てほしい——。

(私、いつか心からそんなふうに思えるときが来るのかな)

西原高校までの道を進んでいくワーゲンバスの中で美久はそう考えた。

ユーイーはやけに上機嫌で、尚ニーニーに向かって冗談を言っては笑っていた。途中の道でオリーブ色の軍用車の列とすれ違った。ナンバープレートを見て、アメリカ軍のものだとわかった。沖縄がアメリカから日本に返還されて50年。それでも広大な土地にアメリカ軍が駐屯し、こうして道をアメリカ軍の車が走る状況は、東京では目にしたことがなかった。いや、東京にも西のほうに大きなアメリカ軍の空軍基地があるはずだ。そういえば、ウクライナの戦争はどうなったのだろう……。

美久がとりとめもなく考えていると、ユーイーが後部シートを振り返って言った。

「リュウ、良吾先生のことはどうするば?」

「どうするもこうするも……これから指導が始まるだろ。それに従うまでさ」と琉が答える。

「嘘《まさかやー》でしょ⁉　ワッターの演奏にゲロ吐きそうって言ったやつよ?」

「良吾先生は東京の音大を出てるんだ。俺たちより知識や音楽性はあるし、耳もいいだろ。悪いのは、ゲロ吐きそうって言った先生じゃなくて、俺たちの演奏やさ」

琉に言われると、ユーイーは眉間にしわを浮かべた。

「それでもムカつく《ワジワジする》。ワンは決めた。必死に練習して、必《かん》ず《なじ》うまくなって、あの上原良吾ってやつに自分が吐いたゲロを飲ませてやる!」

「やめろよ、きたねえな《はごさよー》」と琉がウチナーグチで言った。

「ねえ《えー》、なんでリュウは良吾先生が東京の音大出だって知ったば?」

「始業式の後、職員室行って話したからな。いきなりお前らと対面する前に、先生がどういう人か知っておこうと思ったわけさ。口は汚いし、態度も悪いけど、俺はいい先生だと思う」

「なんだば、ワッターの知らんうちに抜け駆けか……」

ユーイーは悔しそうに言ったが、美久は琉の評価は信じていいように思った。自分がユーイーに平手打ちをされる原因を作った人ではあるが、美久にもなんとなく良吾先生は悪い人間には思えなかった。

「リュウよ、ヤーは本当にリュウディキヤーやし」

尚ニーニーがからかうように言った。

「いや、そんなことないんで……」

琉が気まずそうに窓の外に顔を向けたとき、車は西原高校に到着した。


朝練では、すれ違う部員たちが驚きの表情で美久を見つめてきた。

「もう来ないかと思ったさー」

ミッツは嬉しそうに言いながら、美久をピロティへ連れていった。すでにカラーガードのメンバーがストレッチを始めていた。

「美しくはないってよ？　そんなもんをよくやる気になったな」

二の腕の筋を伸ばしながらリンカーが嫌味を言った。

「これからさー。ミークはどんどんマーチングの美しさを知っていくわけよー」とミッツが弁護してくれた。

「昨日は失礼なことを言ってすみませんでした」

美久はリンカーに向かって頭を下げた。

「別に、うちらが演奏してたわけじゃないやし。謝るなら、ブラスに謝ればいいさー」

リンカーは気まずそうに目をそらした。

美久は靴と靴下を脱ぎ、ピロティの地面に素足をつけた。昨日は裸足になることに怖さを感じたが、今日はそれほどでもなかった。

「じゃあ、ストレッチからやってみよっか」

みんなは各自でやっていたが、美久はミッツがペアになってくれた。美久はわざとできないふりをするのはやめた。両脚を大きく広げて地面に座り、ミッツに背中を押されると、美久の上半身は地面に密着するほど前に倒れた。

「あらま《はっさ》！　ミークの体、でーじ柔らかいね！」

「ゆくし、でした……」

リンカーも聞いているとわかった上で美久は言った。

「ウソをついたりしてごめんなさい。本当は、東京でバレエをやってました。2歳のころからずっと……」

美久の言葉を聞いてミッツは一瞬黙った後、微笑んだ。

「いいさー。言いたくない理由があったんだはずね」

美久の心はチクッと痛んだ。

ミッツの言葉は図星だった。それに、美久には打ち明けられていないこともある。「私の演技を見れー」と言っていたナツミーのようにはまだなれそうにない。うじうじした自分は、つくづく沖縄という場所に不似合いな人間に思えた。

「柔軟性は問題ないと思うから、ストレッチのやり方だけ教えておくね」

ミッツはいつもカラーガードがやっている数種類のストレッチを教えてくれた。その後、昨日もやった「姿勢」の1分間キープ、筋トレ、バレエ基礎、と練習を進めていった。

筋トレメニューには地面に座った状態で両脚を上げ、地面につけないように上下左右に動かすもの、立った状態から背中を反らしてブリッジし、手足を1つずつ地面から離すもの、腿が水平になるまで片脚ずつ上げて腿の下で両手を叩いたりするものなどがあった。

どれも、バレエでやってきた筋トレと似た内容で、美久はミッツたちと同じようにこなすことができた。

中には「マサイ族」と呼ばれる筋トレメニューもあった。直立した状態から膝を曲げずに垂直に高く飛ぶ。ふくらはぎや足首に負荷がかかる筋トレで、50回続けてやることになっている。これも美久は、バレエで垂直にジャンプするスーブルソー、垂直に飛びながら脚を素早く交差させるアントルシャといった動きの練習で似たことをやっていた。

ひと通りの筋トレメニューが終わると、ミッツやリンカーたちは息を荒らげながらコンクリートの上に座り込んだ。

「けっこうきついでしょ……って言おうと思ったけど、ミークはまだやれそうだね」

ミッツが苦笑した。

「私ら、入部したとき死ぬほど苦労したのに、ミーク先輩はすごすぎさー」

マキマキが小鼻を膨らませながら言った。

まだ朝練の時間が残っていたため、「喜怒哀楽」という基礎練習も教えてもらった。

「ボディワークっていうと一般的には体の動かし方のことなんだけど、西高ではフラッグやライフルを持たずに体だけを使って表現することをボディワークって呼んでるの。簡単に言えば、ダンスみたいなもんさー。『喜怒哀楽』はボディワークのための練習で、バレエ基礎の動きをつなげて4つの感情を踊りで表現するものだわけ。それぞれ一連の動きがあるから、まずは見て覚えてね」

ミッツはそう言うと、美久にまず「喜び」の踊りを見せてくれた。基本の姿勢で一瞬止まったと思うと、両手をパッと大きく広げながらミッツは舞いはじめた。そんなに速い動きでもないし、複雑というわけでもない。しかし、ミッツが動き出した瞬間、急にそこだけスポットライトが当たったように明るく見えた。顔にも笑顔が輝いている。

続いて、重苦しく激しい衝動を秘めた「怒り」、儚げな悲哀の所作が続く「哀しみ」、素朴な陽気さを感じさせる「楽しみ」をミッツは踊った。

どの踊りも少しバレエと似ている。バレエにも、感情や状況を上半身の動きで表すマイムというものがある。けれど、やはり別物だった。バレエは芸術的に洗練されたものだが、ミッツの踊りはより力強さや情熱、生命力を感じさせるものだった。

（これ、私がいちばん苦手なものだ……）と美久は思った。

母に「表現力がない」と何度叱られたことだろう。「まるで感情がない、血が通ってないロボットみたいなバレエ」と言われたこともある。母とは正反対だった。どれだけ練習しても、どれだけ叱られても、母や優れたダンサーたちのバレエを見て、本を読んで、芸術作品に触れても、美久の中から芽吹くことがなかったのが表現力だった。

「じゃあ、ミーク、私と一緒にやってみよう」

リンカーたちが見守る中、まず「喜び」をやってみた。ミッツに「まず笑顔だよ」「動きだけじゃなく、心の底から喜びを表して」と言われながら美久は体を動かした。わざと下手にやっているわけではなかった。だが、美久の動きはぎこちなかった。形だけならできる。けれど、「喜び」をどう表現するべきなのかがわからない。戸惑いが踊りに出てしまう。

「ミーク先輩、きれいだなぁ《ちゅらさー》」

サクラーが言ったが、すぐリンカーが厳しく指摘した。

「サクラー、なに言ってるば。西原マーチングのカラーガードとしては0点やっさ。ミークが相当バレエをやってきてるのはわかったけど、ヤーは見た目が良くて、そこそこ体の使い方がうまいだけで、踊りからなんにも伝わってこない」

「はい、自分でもわかってます……」と美久はうつむいた。

「いいか。西原マーチングのカラーガードは、やらされてやってるガードじゃないわけ。自分からやりたくてやってる、自発的で、自分自身を表現するもんだわけ。もちろん、動きを揃えてやる演技もあるけど、自分の感情や思いを、生きてるってことを表現するのが西原のガードさー」

リンカーの言っていることを、美久は理解できた。

ミッツに動画を見せてもらったときに感じたこと、中学生たちのマーチングに感じたこと。きっとリンカーが言っているのはそれだ。でも、自分には表に出すようなものが何もない。あんなに母にしごかれ続けても出なかったものが、ここで出せるわけがない。

「西原マーチングはよー、ブラス、バッテリー、ピットがそれぞれ自分をガンガン出してくるわけさー。ガードも負けてられん。いや、勝ち負けじゃなく、みんなの表現がショーの中で混ぜ合わされて、煮込まれて、西原にしかできん強烈なもんに変わるわけさー」

リンカーが言うと、ミッツが「それじゃ闇鍋みたいさー」と笑った。

「私……やっぱりやめたほうがいいですか？」

美久はぽつりとつぶやいた。

ガードのメンバー全員が目を丸くした。

「はぁ⁉」とリンカーが呆れ顔になり、下を向いた美久の顔を覗き込んだ。

「私にはカラーガードの才能、ないですか？」

「はっさ！　何言ってるば？　いまはなんにも伝わってこんけど、まだこれからだよ。数日やっただけで、諦めるやつがいるかー」

リンカーは大声で言いながら、手で美久の髪をグシャグシャにした。ミッツも「そうそう。自分で決めつけたらいけんさー」と美久の肩を叩いた。

「じゃあ、やめなくてもいいですか？」と美久は顔を上げた。

「当たり前だば。ミークは予想外に馬鹿《フラー》だったわ」とリンカーはため息をついた。

「ミーク先輩の頭、キジムナーみたいさー。あははー」

サクラーが美久のグシャグシャ頭を指さして笑った。

「バレエ経験のあるミークは期待の新人だよ。きっとすぐ上達して、欠かせない戦力になると思う。放課後には新入生も来るかもしれないし、世界音楽コンクールに向けてみんな頑張っていこう」とミッツが微笑んだ。

「あとよ、ミーク、もう敬語使うのやめれ。仲間なのに……壁、感じるさー」

リンカーの言葉に、美久はハッとした。リンカーは照れくさそうに視線を外していたが、ミッツやサクラーやマキマキはにこにこしながら美久を見ていた。

仲間——それは自分のことだろうか？

いままで誰かに仲間だと言ってもらったことはなかった。母の期待に応えるため、いつもひとりで戦い続けてきた。まわりはいつもライバルだった。そして、負け犬のように沖縄に来た。でも、こんなうじうじした自分を、この子たちは仲間だと認めてくれた。

「ありがとう……」

美久の目に涙が満ちた。

「あははー、ミーク先輩はフラーで泣き虫《なちぶさー》やっさー」とサクラーが手を叩いて笑った。

美久の視界が滲んだ。羽田空港で遠ざかっていく母の後ろ姿が浮かんでくる。南ウイングの手荷物検査場に美久を残し、一度も振り返らずに遠ざかっていく背中。沖縄の父のところへ行くと決めたのは美久自身だった。けれど、自分は見捨てられたのだ。

（この子たちのために頑張りたい）

美久は思った。

（そして、いつか、私も自分自身をすべてさらけ出せるカラーガードになりたい！）

朝練の時間が終わると、美久は急いで職員室へ行き、良吾先生に入部届を提出した。先生はギョロッとした目で美久を一瞥すると、黙ってそれを受け取った。

職員室を出て教室へ向かう美久は自然と笑顔になっていた。

8　バレエダンサーの足

放課後にはマーチングバンドに入部を希望する1年生が音楽室にやってきた。全員合わせて17人。3学年でもっとも少ない。これで部員数は合計67人。世界音楽コンクールに出るにも、マーチングバンド全国大会に出るにも少なかった。

部員たちは休み時間などに廊下や教室で1年生を勧誘したのだが、「コロナが不安」という者もいれば、「マーチングバンドは練習がきつそうだから」「上下関係が厳しそうだから」と敬遠されることが多かった。中には、「マーチングバンドってブラックなんですよね」などと言う者もいた。

感触が良くないとは思っていたが、20人を下回るのはユーイーたちにとってもショックだった。

「勧誘、続けていくしかないねー」とベニーが肩をすくめながら言った。

「来てくれた1年生にも、まわりに声かけてもらったらいいさー。引き続き、頑張っていこう」

ユーイーはみんなを励ますようにそう言ったが、内心では入部希望者の上積みは難しそうだと思っていた。例年、入部希望者は入学式が終わると早々に音楽室にやってきたし、その後の部活体験期間に来るのはごく少数だったからだ。

67人しかいないのだったら、その戦力でやっていくしかない。

過去2年間は、6月下旬、沖縄で梅雨が明けるまでは各パートでじっくりと基礎を固めてきた。マーチングバンド全国大会の沖縄予選は11月、最終目標となる本大会は12月下旬だからだ。けれど、今年は世界音楽コンクールがある。本番は7月下旬。それまでに全部員の演奏や演技を底上げし、オランダへ向かわなければならない。少数精鋭でショーを磨き上げ、悲願のワールドチャンピオンを手に入れなければならない。5カ月の前倒しはかなり厳しい。

追加の入部希望者を待っている余裕はなく、すぐ1年生は各パートに割り振られた。1年生の希望を考慮しつつパートリーダーが話し合った結果、ブラスに11人、バッテリーに1人、ピットに3人、カラーガードに2人と決まった。ブラスが圧倒的に多く見えるが、ブラスには9つの楽器が存在するので、多い楽器でも2人、それ以外の楽器には1人ずつだった。

「入部していきなり世界大会はでーじなことと思うかもしれんけど、音楽のオリンピックって言われてるコンクールだから、めったにないチャンスだと思って取り組んでほしい」

ユーイーは1年生たちに向かって部長らしくそう話した。

解散してパートごとの練習が始まる前に、ユーイーは美久に声をかけた。

「入部届、出したんだって?」

「うん。正式に部員になったので、よろしくお願いします」と美久は頭を下げた。

「やっぱ退部したいーとか言ってこんようにしれ」

半分冗談でユーイーが言った。

美久はにこっと笑うと、「うん、頑張る。じゃあ、ガードの練習に行くね」と音楽室を出ていった。

「何があったば?」

ユーイーは美久の表情の変化に驚きながら、そのほっそりした後ろ姿を見送った。


カラーガードのメンバーはピロティに集合した。カラーガードの1年生は顔が細長くて斜に構えた雰囲気のチエーこと譜久村《ふくむら》ちえと、対象的に小柄でぽっちゃりしたイズーこと照屋《てるや》泉のふたり。いずれもまったく経験がなかった。

「イズーです《やいびーん》。よろしくお願いいたします《ゆたしくうにげーさびら》!」

イズーは節をつけて、歌舞伎の口上のようにウチナーグチで挨拶をした。そして、線になるくらい目を細め、ニタッと笑った。

「お前、カラーガードよりチョンダラーのほうが合ってるだろ」

チエーは見下すような目つきをしながらイズーに言った。

「チョンダラーって何？」

美久がミッツに小声で聞くと、「沖縄では旧盆に道ジュネーっていうのがあるわけさー。仏壇にお迎えしたご先祖様の霊を送り返すための儀式で、青年会の人たちが民謡に合わせて太鼓叩いたり、踊ったりしながら町内を練り歩くの。その行列の中で、顔を白く塗ってピエロみたいに踊る役がいるんだけど、それをチョンダラーっていうわけ」と説明してくれた。

「なんだと《ぬ》ー！　誰《たー》がチョンダラーば？」

イズーは一瞬鬼の形相になったが、すぐまたニタッと笑うと、急にヒョイヒョイと飛び跳ねながら歌いはじめた。

あんしん　美《ちゅ》らさがや　スンダスーリ　サースリヘイ

「チョンダラーの真似してるの？　あの子、上手ねー」とミッツが言った。

「なんていう歌なの？」と美久が尋ねた。

「《馬山川《ばざんがー》》って歌だったはず」

わざと滑稽な表情を作って踊るイズーをサクラーが指さし、「あははー、チョンダラーだー」と手を叩いて笑った。マキマキは「今年の1年、キャラ濃いさー」と小鼻を膨らませた。

「キャラ濃いで済む話ば？　マーチングはエイサーじゃないやし」

リンカーが呆れたように言った。

「まぁ、きっと大丈夫よ。なんくるないさー」

「ミークは知らないと思うから説明すると……」とミッツは前置きしてから意味を教えてくれた。

「なんくるないさー、っていう言葉は、どうにかなるさって意味だわけ。よくヤマトンチュには楽天的な言葉って誤解されるけど、もともとは『まくとぅそーけー、なんくるないさー』で、苦しいときも誠の行いをしてたらきっと何とかなる、報われる、っていう意味だわけ」

「そうなんだ。初めて知った」

「ミークにいろいろ教えてると、なんだか自分が沖縄博士になった気になるよ」とミッツは笑った。

「まくとぅ、そーけー、なんくるないさー。まくとぅそーけー……」

美久は声に出してみたが、言葉がうまく舌になじまなかった。

(誠の行いをしていたらきっと何とかなる――本当にそうなのかな。それなら、東京で自分がやってきたことは誠の行いじゃなかったのかな)

美久はまたうじうじしはじめている自分に気づき、その考えを頭から振り払った。

ミッツはメンバーに向かって話した。

「イズーとチエーは覚えることがいろいろあって大変だろうし、最初のうちは体力的にもきついと思う。2、3年生も、1年の指導と自分のスキルアップを同時にやらなきゃいけない。みんなで力を合わせて、なんくるないさーでやっていこうね！」

リンカーたちが声を合わせて「はぁい！」と大きく答えた。美久と1年生たちはそれに乗り遅れ、小さく「はい」と返事をした。

カラーガードはミッツを中心に、朝練でやったのと同じ一連の練習をイズーとチエーに教えながら進めていった。ふたりはバレエやダンスはもちろん、スポーツの経験も一切ないらしく、ストレッチからつらそうだった。「姿勢」もまずきちんと立つことができず、1分間のキープではふらついていた。筋トレに至ってはどれも最後までやり通せなかった。

「めっちゃ《しに》きつい。ワンには続けれんかも……」

イズーはコンクリートの地面に突っ伏した。顔のまわりにべったりと汗の跡がついた。

「轢かれたカエルみたい」とチエーが頬を歪めながら言った。

ミッツによれば、すべての練習メニューは初心者のための短縮版になっており、実際はもっと回数や時間が長くなるということだった。美久はひと通りこなせたが、裸足に慣れていない足の裏が痛みはじめた。

短い休憩のとき、美久が赤らんだ足の裏を見ていると、リンカーが話しかけてきた。

「足の裏の皮が剝けたり、豆ができたりするから、テーピング買っておくといいさー」

リンカーは指を伸ばし、美久の足をジロジロ見た。美久の足は、親指や小指の付け根に大きなタコがあり、爪もボロボロだった。

「バレリーナの足やっさ」とリンカーが言った。

「リンカーも、バレエやってたの？」と美久は尋ねた。

「小さいころよ。どんだけ練習しても下手でから、レッスンが嫌で嫌で、逃げて《ひんぎて》ばっか」

「私も……本当は嫌で……」

バレエが嫌だった――人前でそう口にするのは初めてだった。

「でも《やしが》、この足は、かなり練習してた足やっさ。ワンが習ってた先生も美人なのに足はボロボロでびっくりした《しかんだ》さー」

改めて美久は自分の足を見つめた。ツヤツヤしたトゥシューズに包まれていると見えないが、こんなにも変形してしまった足。かつてはそれが恥ずかしくもあり、誇りでもあった。努力の証でもあった。しかし、努力は必ずしも結果には結びつかないことを思い知らされた。

「好きになれたらよかったよね、バレエ」と美久は言った。

「だからよー」

「え?」

「だからよーっていうのは、ウチナーグチで『そうだよね』みたいな意味さー」

リンカーが説明してくれた。

「マーチングは好きになれたらいいなぁ」

ふと美久がつぶやいた後、ふたりは顔を見合わせ、同時に「だからよー」と言って笑った。

「リンカー、ごめんね。私、リンカーのこと怖い人だと思ってた」

「そう思われるのは慣れてる。このきつい顔でこの声、親譲りの口の悪さ。自分じゃ普通にしてるだけなのに、みんなビビるわけ。小学校高学年からヤンキーに目つけられて、仲間にさせられそうになって、逃げるように中学で吹奏楽部に入ったのさー。毎日遅くまで練習するから、ヤンキーやってる暇ないばー」

「そっか、そういうこともあるんだね」

美久とリンカーが話していると、「あ、いつの間にか友だちになってるー。羨ましい《インチキー》!」とミッツが言った。その後、リンカーが「インチキー」の意味を教えてくれた。

休憩が終わり、バレエ基礎や喜怒哀楽をした後、旗《フラッグ》の練習をすることになった。美久にとっても初めてのフラッグだ。

フラッグのサイズやポールの長さは数種類ある。初心者用に比較的小ぶりなものが用意されたが、それでもアルミ製のポールは美久の身長より長く、旗は縦1メートルほど、横1・3メートルほどあった。

美久とイズー、チエーは横一列に並び、前に立つミッツに言われるとおりフラッグを垂直に持った。リンカーたちが「手の位置はここところ」「垂直になってないよー」などとアドバイスをしてくれた。

「じゃあ、こんなして回してみてー」

ミッツはフラッグを胸の前でくるりと回転させた。美久もやってみたが、両手でポールを持ち替えるのがうまくいかず、コンクリートの地面にポールが落ちてしまった。カランという間の抜けた音が響いた。

「最初はゆっくりでいいよ。手の位置、手首を返すタイミングを覚えていってね」

ミッツのアドバイスを受け、美久はもう一度フラッグを回してみたが、やはり下に落としてしまった。うまく回ったと思うと、旗の布が顔にかぶさったり、ポールに絡まったりした。旗がポールに絡むことは「セールする」、手具を落とすことは「ドロップする」と言うのだと教えてもらった。

イズーやチエーも苦戦しており、特にイズーは回転がうまくいかないだけでなく、回しているうちに体が右へ左へ動いてしまう。挙げ句、ポールが美久の頭を直撃した。

「あ、いったー……」と美久は思わず頭を押さえてしゃがみ込んだ。

「ミーク先輩、ごめんなさい《わっさいびーたん》！」とイズーは慌てて美久の顔を覗き込んだ。

だが、リンカーは腕組みをして笑っていた。

「ミーク、そういうときは沖縄では『アガーッ！』って言うんだよ」

美久は顔をしかめたままリンカーを見上げ、「あ、あがー……」と言った。

「こんくらい序の口。突き指、痣、打撲、ひどいと脱臼するときもあるさー」

「フラッグは手具の中ではいちばん基本的なもので、ライフルやセーバーと比べても簡単だから、まずこれができるようにならんとねー」

ミッツが言った。

横では、サクラーとマキマキが片手で器用にくるくるとフラッグを回していた。旗は回転するたびにバッ、バッと大きな音を立てる。素人3人にはその速さやキレがない。

「2年生ふたりも最初は全然できんかったから、ミークたちも大丈夫。絶対できるようになるからね。とにかく、ひたすら回す練習を続けることさー」

ミッツは笑みを浮かべ、励ました。

「チバリヨー」とリンカーが言った。前にユーイーにも言われたことがある。きっと「頑張れ」という意味だろうと美久は思った。

そのとき、美久は奇妙なことに気づき、フラッグを止めた。

「どうした、ミーク？」

リンカーに聞かれ、美久は言った。

「ブラスの音が聞こえない」

上のバルコニーからはリズミカルなバッテリーの音が、廊下からはピットのマリンバやスネアドラムの音がしている。しかし、いつもはよく聞こえてくるブラスの音が欠けていた。

9　チンダミ

ピロティーで美久たちがフラッグの練習をしているとき、ユーイーたちブラスは校舎の3階の外廊下を使い、1年生を交えてマーチング&マニューバリングをやっていた。マーチング&マニューバリングはマーチングの基礎的な動き方の練習のことで、西原高校では通称「MM」と呼んでいる。

そこにぬっと姿を現したのは上原良吾先生だった。なぜか先生は三線を手にしていた。ユーイーたちが動きを止め、黙って先生を見つめていると、先生は東の空を見上げながら三線を弾き、歌いはじめた。

仲順流り《ちゅんじゅんながり》や　七流り《ななながり》　エイサー　エイサー　ヒヤヌガエイサー　ハースリ

《七月エイサー》という民謡だとユーイーはすぐわかった。旧盆のエイサーでは定番の曲だし、ときどきタラーおじいや尚ニーニーが歌っている。しかし、良吾先生が弾き語りをする唄三線《うたさんしん》を聴いていても、エイサーのように心が躍るどころか不信感と警戒感が募った。

先生は不意に演奏をやめると、ギョロッとした目でユーイーたちを見回した。

「お前ら《ヤッター》、何やってるかー?」

「1年生の指導を兼ねて、マーチングのベーシックをやってました」とユーイーは答えた。

「そんなしてせかせか歩いてから、競歩選手にでもなるばぁ? それとも、音楽のオリンピックじゃなくて、本当のオリンピックにでも出るつもりか?」

良吾先生はそう言って嘲笑した。

ユーイーは殴りかかりたい衝動に襲われたが、ベニーに「ユーイー、我慢しれー」と制止された。

「ベーシックっていうのは基本のことだろ? ヤッターが本当にやるべきベーシックは、まず音楽さー。音楽できてないやつらがどんだけ動き回ったところで、蟻《アイコー》のダンスよー」

ブラスのメンバーはみんなムッとしていたが、良吾先生は気にも留めずにこう続けた。

「音楽室に入れー。チンダミからやってみれー」

「チンダミって何?」

トランペットを手にしたマサがユーイーに小声で聞いた。

「三線の調弦のことやっさ。たぶんチューニングのことやし。最近の若いのはその程度のウチナーグチもわからんば?」

ユーイーが呆れ顔で言うと、マサは「お前だって最近の若いのだろ……」と口を尖らせた。

廊下で練習していたピット楽器の面々は、先生とブラスの険悪な様子を心配そうに見つめていた。

先生は音楽室に入ると、指揮台の椅子にどっかり腰を下ろした。マーチングバンドは基本的に椅子を使わない。練習のときも立ったまま演奏する。メンバーは先生の前に並んだが、先生が何も言わないので、ソプラノサックス担当のユートが基準音のB♭《べー》を吹いた。それに合わせて、みんなが同じ音を出した。

管楽器は吹き方や楽器の調子によって音高《ピッチ》が変わる。奏者ごとにピッチがずれていると全体の音が濁って聞こえるため、チューニングをするのだ。

ブラスのメンバーは各々音を出し、ずれていると思ったら楽器をいじって微調整した。

すると、良吾先生が両手を振って止めた。

「やみれー！　何がチンダミかー。きたねえなー《はごさよー》！」

音楽室に重苦しい空気が広がった。

「昨日聴いてても思ったけどよ、ヤッター、デカい《マギー》音出すのが西原マーチングだと思っとらんか？デカい音出せば、そりゃ人は見るさ。やしが、それだけだったらバイクで国道58《ゴーパチ》号線暴走したらいいわけさー。ヤッターは音楽で注目させなきゃいかんわけ。昨日、女の子《イナグングヮ》に言われたろ。ゲロ吐きそう、って」

「それは先生が言ったんだろ。ミークは、美しくはなかったって言っただけさー」

ユーイーは抗議したが、「似たようなもんさー」と先生は意に介さなかった。

「先生、お言葉ですけど、西原は全国大会で何度も編成別最優秀賞とってきてます……」

ベニーがおずおずと言った。怯えているせいで小柄な体がさらに小さく見えた。

「それはコロナ前の話だろ？　全部コロナのせいかわからんやしが、この2年、ろくにショーを披露する場もなかったろ。ヤッターが子ども《ワラバー》のころに見た西原はデカくて、はごー音だったか？　デカくて、豊かな音だったはずさー。この2年でいつの間にか『豊かな』が消えて、デカいだけになってるわけさー」

そうかもしれない――。

ユーイーは思った。確か、前に琉も似たようなことを言っていた。

だとしても、まるで自分たち3年生が西原マーチングの音をダメにしてきたような言い方は腹が立った。ようやく部活もコロナ前と同じようにできるようになってきているが、自分たちが高校入学前からコロナでどれだけ苦労を強いられてきたのか、先生にはわかっていないのだ。

長期間にわたって練習を禁じられた。ようやく練習が始まったと思うと、一カ所に集まって演奏するな、炎天下で練習するときでもマスクをしろ、ひとりでも感染者が出たら部活は停止だ……とまるで鎖に繋がれたまま練習をしているみたいだった。

最大の目標であるマーチングバンド全国大会も、２０２０年は映像を提出するだけで厳密な審査はなく、昨年も編成別の最優秀賞の選定はなかった。大会がすべてではないが、張り合いがなかったのは事実だ。それに加えて、西原マーチングが出演を予定していたフェスティバルやイベントもことごとく中止になった。

そして、その最たるものが延期になった世界音楽コンクールだった。

今年も、学校生活はおおよそ平常に戻ってきていても、吹奏楽やマーチングが出演するようなイベントはまだ増えてきておらず、西原マーチングにはこれといった本番のスケジュールが入っていなかった。

それでも、限られた条件の中で精いっぱいやってきた、という自負がユーイーにはあった。

「ワッターはできる限りのことをしてきたさー。ヤーは何も知らんで、いきなり来て、言いたい放題言ってからに」

ユーイーが低い声でそうつぶやくと、場が凍りついた。誰もが、ユーイーのその発言に良吾先生がどう反応するのか固唾をのんで見守っていた。

だが、沈黙を破る声はユーイーの背後から聞こえてきた。

「コロナで練習や本番ができなかったとか、できる限りのことをしてきたとか、見る人にも審査員にもわからんだろ」

声の主は琉だった。

「俺らがマーチングをやってるのは自己満足のためじゃない。見る人を楽しませて、熱狂させて、感動させるためさ。見てる人に、ショーをやりながら言い訳を聞かせることはできんだろ」

ユーイーはまるで味方に背後から撃たれたような気持ちになった。

「リュウ、ヤーは物分かりがいいな」と良吾先生は嬉しそうに目を細め、三線をかき鳴らした。「ヤッターのために一からチンダミ教えてやるさー。西原は木管はサックスだけだな。じゃあ、サックスから一人ずつチンダミしていく。ほかの連中はピッチが上にずれてるか下にずれてるか、人差し指で示せ。ソプラノサックスのヤーからな」

良吾先生がキーボードで電子音を鳴らし、ユートがソプラノサックスを吹いた。部員たちはキョロキョロとまわりを見回しながら、自信なさそうに指で示す。上を指している者、下を指している者、バラバラだった。

「上！」と良吾先生が言った。「でーじ高い！　よくそんな音程で楽器吹いてるな」

ユートは慌ててマウスピースを少し引き抜き、また音を出した。

「まだ高い。アンブシュアで合わそうとすんな。曲を吹くときと同じアンブシュアで音を出せ。合わなければ楽器で合わせる！」

1つの音の音程が合うと、次は別の音。ユートは顔を真っ赤にしながら楽器を吹き、部員たちは曖昧に上や下を指した。

「ヤッターは、耳ができとらんさー。いままで自分の音もまわりの音も、ちゃんと聴いとらんかっただろ。耳の穴かっぽじって、よく聴け！」

ようやくユートが終わると、良吾先生はその後もひとりずつチューニングを続けていった。少しでも音がずれていると決して妥協することなく合うまで吹かせるため、一人ひとりに時間がかかる。音を聴きながら指で上下を指すだけの部員たちもだんだん退屈していったが、前で良吾先生が睨みを利かせているため、ぼんやりもできなかった。

ユーイーは自分の番が回ってきたとき、きっと意地悪をされるだろうと思った。合っているのに合ってないと言われたり、何度も繰り返し吹かされたりするだろうと身構えながらメロフォンを吹いたのだが、先生は意外にもあっさり終わらせてくれた。

「まぁ、ほかの連中よりはマシやっさ。ヤーは音が下品だから、音色をどうにかしれ」

(こいつ《くにひゃー》、言葉選んでしゃべれんば？)

ユーイーは苛つきながら腰を下ろした。

先生からすんなり合格をもらえたのは琉だけだった。ブラスの全メンバーのチューニングが終わったときには、もう部活終了の時間になっていた。それぞれの場所で練習していたピットやバッテリー、カラーガードも音楽室に戻ってきたが、ぐったりした様子のブラスを見て誰もが驚いていた。そして、のんきに三線を鳴らしている先生にその原因があることを察して、みんな遠巻きに並んだ。

先生はカラーガードのメンバーと一緒にいる美久に気づいた。

「おぅ、いなぐんぐゎ。ビンタしたやつと一緒に部活やるとは、ヤーも変わりもんやっさ」

「あれは鷹栖美久。ヤマトンチュのミークやっさ。教師ならちゃんと名前覚えて呼んでやれ」

ユーイーが言うと、また音楽室に緊張が走った。

「くだらんことばっか気にしくさるな」

先生はフンと鼻を鳴らした。

「この後、ミーティングだか何だかやるば？　音楽に関係ないことはさっさと終わらせて帰れよ」

先生はそう言い残すと、また《七月エイサー》を歌いながら音楽室を出ていった。

「あいつ《あにひゃー》、必ず《かんなじ》ぶっ殺してやる《たっくるしてやる》」

帰りのワーゲンバスの中で、ユーイーは毒づいた。美久がユーイーの「たっ殺す《くる》」を聞くのは2回目だった。

尚ニーニーは運転席の窓からタバコの煙を吐き出しながら黙って運転を続けていた。ウェーブした髪が夜風に揺れている。

「リュウは良吾先生の腰巾着にでもなるつもりば？」

「先生の耳は確かさー。俺らがまともなピッチで吹けてないこともわかったば？」

「にしても、言い方よー。思い出したら、またワジワジしてきたさー」

ユーイーは助手席で地団駄を踏んだ。

美久は少し気が引けたが、身を乗り出して運転席の尚ニーニーに話しかけた。

「あの……途中、コンビニかスーパーがあったら降ろしてもらえませんか？」

「この先にはないぞ。さっきサンエー通り過ぎたから、Ｕターンするか？」

「なんだば、ミーク、料理でもするば？」

振り向いたユーイーに、時間がないから今日は弁当を買って帰るつもりだと美久は答えた。

「はっさ！　ヒロシーさんは料理しないば？　ずっと家にいるんだろ？」

「お父さんは口に入れば何でもいいって人だから。一人のときもカップ麺とか缶詰とか菓子パンとかばっかり食べてたみたいだけど、それだと私が嫌だから」

「だったら、うちへ来たらいいさー。ヒロシーさんも一緒に、今夜はうちでご飯食べなよ」

「そんな。急だし、申し訳ないよ」

「申し訳なくないさー。なぁ、ニーニー？」とユーイーはニーニーに尋ねた。

「あぁ、ミーク、遠慮しないで来いよ。いちゃりばちょーでーさー」

「一回会ったらみんな兄弟、って意味だよ」と隣から琉が教えてくれた。

「そうなんだ。いい言葉だね」

「そうでもしてお互いに助け合わないと生きていけなかった時代に生まれた言葉さ」

琉にそう言われ、美久は言葉に詰まった。自分はまだ沖縄のことを全然知らない。

「さぁ、我が家へ行くぞー《いちゅんどー》！」とユーイーが助手席で拳を突き上げた。

美久の家に寄って比呂士を乗せ、赤嶺家へ行った。比呂士には前もって電話で事情を話したのだが、面倒くさがるかと思っていたら、意外にも「それはありがたいね」とあっさりオーケーした。

　赤嶺家の前でみんなで車を降りると、「じゃあ、俺は」と琉は歩いて帰っていこうとした。

「なんだば。ヤーも食ってけよ」と尚ニーニーが引き止めた。

「すんません。親がメシ作って待ってるんで」

「そうか。またやー」

　琉はざわざわとウージが鳴る暗い道を歩いていった。遠ざかっていくその背中を、美久はなんとなく目で追った。琉がそのままどこか別の世界へ飲み込まれてしまいそうに見えた。

「ミーク、早く来いよー」

　ユーイーに呼ばれ、美久は家の敷地に入っていった。

　平屋の古い家だった。自分の家も平屋だが、赤瓦をかぶった赤嶺家は木造で、大昔の沖縄からタイムスリップしてきたように見えた。屋根の上には小さなシーサーも乗っている。庭に面した戸はすべて開け放たれており、家の中が丸見えだ。

　不意に何かが庭の暗がりから姿を現し、美久はびっくりして飛び上がった。こげ茶と黒の斑らの毛に覆われた中型犬だった。

「ウンタマやっさ」とユーイーが笑いながら言った。「琉球犬《りゅうきゅういぬ》。沖縄に百匹くらい残っとらん天然記念物だわけよ」

　ウンタマは驚かせて申し訳ないというように耳を垂れ、ゆっくり尻尾を左右に振った。

「へぇ、琉球犬。初めて知った」

「ミークは知らんことばっかで、赤ん坊《あかんぐわ》みたいやさ」とユーイーはまた笑った。

美久が恐る恐る手を伸ばして頭を撫でると、ウンタマはクゥクゥと鼻を鳴らした。

「ウンタマって面白い名前だね」

「西原町の南のほうに運玉森《うんたまむい》って山があって、昔そこにウンタマギルーっていう鼠小僧みたいな義賊が住んでたって伝説があるさー。そっちのほうに住んでる人からもらってきたから、ウンタマさー」

「ウンタマ、よろしくね」

美久はもう一度頭を撫でると、家に上がった。

座敷ではすでに比呂士が酒を飲みながら老人と談笑していた。そんな社交的な父の姿を見るのが初めてだったので美久は驚いたが、もっと驚いたのは上座に座っている老人がビーチで出会った人だったことだ。珊瑚の欠片を人骨だと言ったあの老人だ。

美久は気まずさから小さく会釈すると、隠れるように比呂士の隣に座った。比呂士の向かいには尚ニーニーが座り、美久の向かいにはあっという間にTシャツとショートパンツに着替えたユーイーが座った。

「ヤーはヒロシーさんの娘さんだって？　でーじ美人《ちゅらかーぎー》やしー」

料理を運んできた女性がおおらかな声で言うと、美久ではなく比呂士が「いやぁ、そうですか」と照れた。

「ユーイーの母親のレミです《やいびーん》。ユーイーと仲良くしてくれてありがとねー」

「こ、こちらこそ。鷹栖美久です。ユーイーさんにはお世話になってます。尚さんにも、車に乗せていただいてますし、急にお食事まで……」

「急いで作ったからあり合わせのもんだけどねー。これが人参シリシリーで、これがゴーヤーチャンプルー。ゴーヤーチャンプルーくらい食べたことあるだろ？」

「は、はい」

美久はレミのしゃべる勢いに気圧されながら答えた。

「これがミミガー。豚の耳の酢の物さー」

「ぶ、豚の耳⁉」

美久の驚く顔を見て、レミは嬉しそうに笑った。

「まぁ、食べてみて。コラーゲンたっぷりで美容にもいいはずよー」

美久は恐る恐る箸でミミガーをつまんだ。細切りのキクラゲのように見える。思い切って口に含んでみると、コリコリと音が聞こえるほど歯ごたえがよかった。豚の耳と聞いて想像したような、どこかグロテスクで生々しい味ではなかった。

「……美味しいです」

「ウチナーグチでは、いっぺーまーさん、って言うさー」

向かいからユーイーが言いながら、箸をミミガーに伸ばした。

「いっぺーまーさん……です」

美久が言うと、レミは腰に手を当ててにっこり笑った。レミは体の線がくっきり出る薄手のワンピースを着ていたが、豊かな胸元が強調され、美久は同性ながらドキッとした。

「ミークは素直ないい子やっさー。ヒロシーさんもこんな楽しい人だと知らなかったよー」

レミが言うと、老人と楽しそうに話し込んでいた比呂士が振り返った。

「いやいや、僕の心はオープンなんですよ。沖縄にいると僕はオープンになれるんだ。ただ、これまではきっかけがなかっただけです。何事もきっかけです！」

もう酔っ払っているのか、比呂士は大声で言った。

「じゃあ、ワンも飲むかー！」

レミはグラスを持って比呂士と老人の間に座り、「嘉例《かりー》！」と言いながらグラスを合わせて泡盛を飲みはじめた。

ユーイーは横座りで尚ニーニーに話しかけていた。

「えー、何か食べたほうがいいよ。ニーニーはいつも《しっちー》食べんで酒とタバコさー。体に良くないよ」

「ほっとけ」と尚ニーニーはまたタバコを吹かす。

そんなぞんざいな言い方をされても、ユーイーは笑顔のままだった。

「今年はエイサーあるば？　ニーニー、青年会から誘われてるんでしょ？」

「おぅ。でも、エイサーやれるかまだわからん。コロナがどうとかでよ」

「なんでよやー。本土復帰の50周年記念式典はやるんだろ？　国の式典はよくて、なんでエイサーはダメだば？」

ユーイーは唇を尖らせた。

なんて可愛い表情をするのだろうと美久は思った。思ったことをすぐ口にして、表情にも出る。そんなユーイーの素直さが心から羨ましかった。この子は自分にないものを持っている。

「俺に聞くな、総理大臣か県知事にでも聞け。全島エイサーまつりだってどうなるかわからん」

尚ニーニーは灰皿でタバコを揉み消し、泡盛のグラスを口元に運んだ。グラスを傾けるとき、ちらりと美久のほうを見た。

「ヤーはこの前まで東京にいたば？　本土復帰の式典のことは知ってたか？」

「ごめんなさい、知りませんでした……」

美久が小さく頭を下げると、「ヤマトゥーではそんなもんさー」と尚ニーニーはつぶやいた。

庭ではウンタマが芝生の上に丸まって、退屈そうにこちらを見ていた。美久が小さく手を振ると、ウンタマは申し訳程度に尻尾を動かした。

不意に三線の音が聞こえた。老人が竿の先端のカラクイをねじりながら調弦《チンダミ》をしている。

「タラーおじいは唄三線の名人やっさ。尚ニーニーの師匠さ」

ユーイーは目を輝かせながら言った。

「ユーイーとミーク。お前《ヤッ》たち《ター》、年はいくつね？」

チョンチョンと弦を弾きながらおじいが尋ねる。

「17さー」

ユーイーが答え、美久も同意するように頷いた。

すると、タラーおじいはよく響く三線の序奏に続けて歌いはじめた。

月《つき》ぬ美《かい》しゃ　十日三日《とぅかみっか》　みやらび美《かい》しゃ　十七《とおなな》つ
ほーい　ちょうが——

かすれていながらも、深くて濃い声音だった。まるでこの家の存在感そのもののようだと美久は思った。沖縄の海風と陽光を浴び続け、歴史の中でここに立ち続けている家とおじいの歌声はひとつに重なり合っていた。

「月が美しいのは十三夜、女の子が美しいのは十七歳……」とユーイーが夢を見るような表情をして言った。「昔から聴いてる歌やしが、ワンもいつの間にかそんな年やさ」

おじいは続けて何曲か歌った。その後、尚ニーニーに三線を差し出した。改めて目にする三線の胴の蛇革に、美久はぎょっとした。

尚ニーニーは、面倒だが断るわけにもいかないという表情で三線を受け取ると、柱にもたれて三線を爪弾いた。黒々とした髪が湿った沖縄の夜そのもののように目元にかかり、その物憂げな瞳に美久は吸い込まれそうになった。

ニーニーは胴の響きや弦の調子を確かめるようにゆっくりと3本の弦を弾いていたが、やおら「スイッ！」と掛け声をかけると、速いテンポで力強く演奏を始めた。グラス片手に比呂士と何やら話していたタラーおじいはサッと立ち上がると、握り拳を頭上に挙げて踊りはじめた。レミやユーイーも立ち上がり、手のひらを左右に振って踊った。

唐船《とうしん》ドーイ　さんてーまん　いっさん走《ばー》えーならんしや
ユイヤナー　若狭町村《わかさまちむら》ぬ　サー　瀬名波《しなふぁ》ぬタンメー

ニーニーがそこまで歌うと、ユーイーとレミが声を合わせて「ハイヤセンスル　ユイヤナ　イヤッサッサッサッサ」と囃子《ヘーシ》を入れた。

「ミーク、なんでボーッと座ってるば？　カチャーシー！」

ユーイーが高揚した表情で立ててとジェスチャーしてくる。

「ヒロシーさんもミークも、こんなして踊ってみて」

レミにも促され、美久はおずおず立ち上がった。酔っ払っている比呂士は体をグニャグニャさせながら不格好に踊りはじめる。美久もユーイーの真似をして手のひらを頭上で左右に揺らし、足でステップを踏んでみた。どうにもぎこちない踊りだった。自分が身につけてきたバレエとは似ても似つかない。いや、これは形があるようでない、もっと自由な踊りなのだ。美久は恥じらったり踊り方を気にしたりしているのが馬鹿馬鹿しくなってきた。

きっと沖縄では誰もが踊れるのだろう。沖縄で生まれ、育っていく中で、ごく自然とこのリズムや旋律が身についていく。血の中に染み込む。もしかしたら、西原マーチングの根底にもこの音楽や踊りがあるのかもしれないと美久は思った。

嘉利吉《かりゆし》ぬ遊《あし》び　うち晴りてぃからや
ユイヤナー　夜《ゆ》ぬ明きてぃ　太陽《てぃだ》ぬ　サー　上がるまでぃん

その後に続く「ハイヤセンスル」というヘーシは、美久も思い切って声を出してみた。

尚ニーニーの視線を感じた美久は、ごく自然に笑みを返した。ニーニーは受け流すように目をそらすと、続きを歌った。いったい何番まであるのだろう。いつまで経っても終わる気がしなかった。まるで外国語の歌を聴いているようだけれど、不思議なほど心地よい。そして、ニーニーの歌声に庭では、ウンタマが大口を開けてあくびをしていた。

美久は初めて経験する沖縄民謡のカチャーシーに身を委ねた。

は甘さと、ツヤと、湿り気があった。


翌日も朝練があるからと、夜10時前に美久と比呂士は赤嶺家を出た。

最初の十字路までユーイーが送ってきてくれた。

「ミーク、カラーガードの練習、うまくやれてるば？」

ユーイーが話しかけてきた。比呂士は気を使っているのか、ふたりから少し離れ、前方をふらふら歩いている。

「いきなりフラッグで躓いてるの……」

「ワンだって中学でマーチング始めたばっかのころはドリル練習で何度激突したか、先輩や先生に何度ワジられたかわからんさー。ミークならできるよ」

「そう言ってもらえるのは嬉しいけど、私、何の才能もないし、何もできない人間だよ」

「大丈夫、大丈夫。カチャーシーだってすぐ覚えたさー」

「こう……だっけ……？」

「男は手をグー、女はパーにするわけさー」

ふたりはカチャーシーの手の動きをして笑い合った。

手を下ろすと、ユーイーは大きなため息をついた。

「マジでやばいのはブラスのほうよ。あの上原良吾ってやつ、必《かんな》ずたっ殺《くる》してやるさー！」

ユーイーが拳と手のひらを合わせてパチンと鳴らした。

「たっ殺すって前も言ってたけど、どういう意味なの？」

「そっちの言葉に直訳すると、ぶっ殺す」

「本気で先生を殺したりしないよね……？」

美久が言うと、ユーイーはワハハと声を上げて笑った。

「ぶっ飛ばしてやるって感じの意味やし、ワンは先生を殺しも殴りもしないさー。ただ、あいつを《アニヒャー》ワッターのでーじ上等な演奏とマーチングでたっ殺してやるわけよー」

「じゃあ、私もガードの演技で先生をたっ殺せるように頑張る！」

美久は微笑んだ。

ユーイーが拳を突き出してきたので、美久もそこに拳を合わせた。人生で初めてするグータッチだった。

「いまさらだけど、マジで知り合ったころのワンは感じ悪くてごめんや。なんとなくヤマトンチュに偏見があったさー」

「気にしないでいいよ。私だって沖縄のこともマーチングのことも知らなすぎてごめんなさい」

「初めて会ったとき、堤防でバレエしてたば？　なんで『踊ってないです』って嘘言《ゆくし》った？」

美久は少し迷ってから答えた。

「今度、またゆっくり話すね。私もユーイーに聞きたいことがあるし」

「そっか。じゃあ、また明日の朝、迎えにいくからよー。ヒロシーさん、またやーたい」

比呂士は前方で振り返ると、ユーイーに向かって「またやーさい」と片手を挙げた。

戻っていくユーイーの後ろ姿を少し見送ってから、美久は比呂士に追いついた。比呂士はだいぶ泡盛を飲んでいたようだが、上機嫌ではあるものの、さほど酔ってはいないようだった。

「お父さん、またやーさい、ってどういう意味？」

「またね、ってことだよ。男は『またやーさい』で、女は『またやーたい』って言うんだ」

「よく知ってるね」

「そりゃ5年も沖縄に住んでるし、好きでここにいるわけだし」

「あんなにお酒を飲んだり、初対面の人としゃべったり、踊ったりするなんて思わなかった」

「それは美久だって同じさ」

比呂士に言われ、思わず美久は顔を赤らめた。歌に合わせて慣れないカチャーシーを踊っている自分の姿は決して客観的には見たくはない。もし動画に残っていたりしたら、間違いなく黒歴史だ。

比呂士は、電柱につけられた小さな街灯を見上げた。虫が盛んにたかっていた。東京の街灯とは比べものにならないくらい暗くて頼りないが、真っ暗な夜道では充分な明かりだ。

星空は雲によって斑模様になっていた。半分に割ったスイカのような月が西に沈んでいこうとしている。

月《つき》ぬ美《かい》しゃ　十日三日《とぅかみっか》　みやらび美しゃ　十七《とぉなな》つ　ほーい ちょうが——

耳にタラーおじいの歌声がよみがえってくる。

と、比呂士が言った。

「たとえばね、さっきおじいやニーニーが弾いてくれた三線って楽器があるだろう？　三線にはもともと特有の音色があるわけだ。でも、もし短調の曲を弾いたら、聴いた人は『三線は哀愁漂う楽器だ』って思うかもしれないし、長調の曲なら『朗らかで調子のいい楽器だ』って思うかもしれない。楽器は人で、楽譜は環境なんだ」

「お父さんという楽器が沖縄という楽譜を奏でると、さっきみたいになるってこと？」

「うん、まぁ……うまくないたとえだな」と比呂士は苦笑いした。「上手なたとえができるようなら、いまごろ売れっ子作家になってるだろうなぁ」

道の左右でウージがざわざわと揺れた。暗がりの中で大きな塊のように見えるウージの畑を美久は怯えた顔で見ながら言った。

「お父さん、何かがついてきてる気がする……さとうきび畑の中……」

「ウンタマが追いかけてきたのかな。それとも、ハブでもいるのか」

「ハブ⁉」

美久は思わず素っ頓狂な声を上げてしまった。

「ただの風だよ」と比呂士は笑った。「でも、本当にさとうきび畑にはハブがよく出るらしいから、ひとりで歩くときは気をつけるようにね」

美久はウージの根元に目を凝らしてみたが、ほとんど何も見えなかった。

「あのユーイーという子も、赤嶺さんのご家族も、みんないい人たちだね」

「私もそう思う」と言って、美久はいったん言葉を切った。「お父さん、私、なんだかオリンピックを目指すことになりそうなの。音楽のオリンピックなんだって」

「ははは、沖縄に来て数日で、そりゃすごい展開だな」と比呂士はふわふわ笑った。

「でしょ？　マーチングバンドが世界音楽コンクールっていう大会に出るらしくて。私なんてド素人だから、これから必死に練習しないといけないんだけど……」

「美久ならできるよ。世界屈指のバレエダンサーに指導を受けてきたんだから」

耳元で海風がヒュウと鳴った。ウージがひときわ激しくざわめく。家はもう目の前だ。

「……世界音楽コンクールの会場、オランダなんだって」

オランダと聞いて、さすがに比呂士も驚いたようだった。

「そうか。じゃあ、お母さんに会えるといいね」

比呂士の表情はかすかにこわばっていた。それを隠すように比呂士はアルミのドアを開け、部屋の明かりをつけた。美久は猫背ぎみの父の背中に向かって言った。

「お母さんは忙しいだろうし、マーチングなんて興味ないよ」

私にも……という言葉は飲み込んだ。

それでも、マーチングに縁もゆかりもなかった自分が世界大会にこだわりはじめたのは、そこに母がいるからだ。それは否定しようもない事実だった。

10　世界大会出場辞退!?

翌日の放課後、美久たちカラーガードのメンバーがいつものようにピロティでストレッチをしていると、バタバタと不格好な音を立てながらマサが階段を駆け下りてきた。

「大変《デージ》なことになってる《なとる》！　良吾先生が爆弾発言！」

美久たちは意味がわからなかったが、急いでマサの後について音楽室へ上がっていった。

すでに音楽室の中にはブラス以外にピットやバッテリーも集まっており、1年生は廊下からこわごわと中を覗いていた。

美久たちも音楽室に入ると、ミッツが「ユーイー、何の騒ぎさ？」と言った。

ブラスの面々が良吾先生と対峙する形になっており、先頭に立っているのはユーイーだった。

「なに《ぬー》笑ってる？　ぶちのめす《たっぴらかす》よ⁉」

ニヤニヤしている先生に向かってユーイーが悪態をつくと、「えー、やめれ」とベニーが止めた。

琉は少し離れたところで腕組みをして立っていた。

「マサ、何があったば？」

ミッツが聞くと、マサは言いにくそうにしながら「先生が……世界大会には行かせないって……」と答えた。

「えっ、なんだば、それ⁉」とミッツが素っ頓狂な声を上げた。

先生は三線をポンポンと鳴らすと、眼球だけギョロッと動かして部員たちを見回した。

「ワンもよく考えたんだがよ。チューニングひとつであんなに時間かかるようなバンドが、7月に世界大会に出られるわけないさー。しかも、素人が何人も入ってきてるだろ。こんな状態でオランダ行っても、沖縄《ウチナー》の恥、日本の恥やっさ」

「だからよ、今日だって朝から練習してただろ？　チンダミなんかすぐ合わせてやるさー」

ユーイーは吐き捨てるように言った。

「あぁ、あの朝練の音な。相変わらずきたねえ音《はごー》だった。聴いてられんさー」

「前任の先生がもう楽譜もコンテも発注していて、ゴールデンウィークごろにはできてくることになってるんですけど……」

バッテリーのパートリーダーのジョージが言った。

「全国大会に流用すればいいやっし」

「ショーの時間もフィールドの広さも違うんで、無理です」とジョージが言う。

「じゃあ、全校生徒に向けて校庭ででもやればいいさー」

「ヤー、馬鹿にしてるば⁉」

ユーイーが詰め寄ろうとした瞬間、良吾先生は三線を大きくかき鳴らした。

「馬鹿にしとるのはヤッターやさ」

先生は低い声で言いながら、ユーイーや部員たちをギロッと睨んだ。

「西原マーチングを、琉球のマーチングを何だと思ってるば。チンダミも合わせれんくせに、ヤッターは舐めてるだろ。いいか、クソみたいに当たり前のことだが、音楽っていうのは『音を楽しむ』って書くさー。でもな、ただデカくてきたねえ音《はごー》出して、フィールド上をちょろちょろ動き回って、私たちは楽しんでます、なんて自己満足のお遊戯さー。学芸会さー。硬い地面の中にしっかりと根を張るように基礎を自分自身に叩き込み、少しずつ表現という茎と葉を伸ばし、その先にようやく開く花の中のわずかな蜜。それが本当の楽しささー。ヤッターはそれがわからんから、ゲロみたいな音しか出せんのよ」

美久には先生の言っていることがわかる気がした。自分もいままでそうやって生きてきた。毎日毎日、あの冷え切ったバレエスタジオの中で基礎を繰り返してきた。いつか花が咲くこと、その花の蜜を母に褒めてもらえる日が来ることを願いながら。まわりにはほかにも同じような子たちがたくさんいた。いつか世界の舞台で踊ることを夢見る子たち。根を張り、茎と葉を伸ばすために、みんな血の滲むような努力を続けていた。

美久自身もそのひとりだった。バレエではささやかな花すら咲かなかったし、そこに蜜は生まれなかった。けれど、沖縄にやってきて、ほんのわずかずつだが、変わりつつあった。

西原マーチングのみんなとなら、また別の根を張り、茎と葉を伸ばす努力ができるかもしれない。

「私たちは……オランダに行きます」

美久の声が沈黙を破ると、みんなが驚いて目を向けた。

「なんだば、ド素人のヤマトンチュが。ヤーに何がわかる？」

良吾先生がすごんだ。

「素人だからとか、ヤマトンチュだからって、関係ないやし。ミーク、よく言った！　ワッターはオランダに行くさー！」

ユーイーが加勢すると、ほかの部員たちも顔を見合わせて頷き合った。

先生はフンと鼻を鳴らした。

「そんなに恥さらしに行きたいば？　ワンはヤッターのせいで恥の巻き添えはごめんやっさ。まぁ、チンダミとハーモニーがまともなレベルになったら考えてやるよ。ただし、ゴールデンウィークまで。それまでにできんかったら、問答無用で世界大会は辞退する」

先生は三線を弾きながら音楽室を出ていこうとした。と、何か思いついたように振り返って尋ねた。

「楽譜とコンテを発注済みだって言ったな。ショーのテーマは何かー?」

「《ザ・ワールド・イズ・ワン》です」とベニーが答えた。

「ザ・ワールド・イズ・ワン——世界はひとつ……。イッツ・ア・スモールワールドかよ」

先生は馬鹿にするようにつぶやくと、背中を向けて出ていった。

一気に音楽室の緊張感が和らぎ、あちこちでハーッというため息が聞こえた。

「ユーイー、助けてくれてありがとう。私、なんであんなこと言っちゃったんだろう……」

美久はおろおろしながら言った。

「こっちこそ、ありがとう《にふぇーでーびる》さー」

ユーイーが拳を突き出し、ふたりはまたグータッチをした。

「なんだば、いつの間にか仲良くなってー」とリンカーが言った。

「一緒にカチャーシーも踊ったし、もうすっかりいーどぅしさー。なぁ、ミーク?」

美久は「親友《いーどぅし》」という言葉は初耳だったが、きっと仲良しのような意味だろうと考え、笑顔で頷いた。

「ワッターもいーどぅしさー。なぁ、ミーク?」と今度はリンカーが肩を抱いてきた。

「イチャついてる暇があったら、さっさと練習したほうがいいぞ。時間がない」と琉が言った。

「リュウ、どうしたらいい?」とユーイーが聞いた。

「ブラスは徹底してピッチを合わせよう。まず、全員がチューナーで針が揺れないように442へルツで正しくまっすぐ吹く練習。ひとりでやると妥協するから、ペアでやる。合うようになってきたら、今度はひとりがチューナーをチェックしながら、吹くほうはチューナーを見ない。それで正しいピッチで音が出せればオーケー。個人でできるようになってきたら、複数で合わせてみる。ピッチが揃ってなかったら音が唸るはずさー。大事なのはチューナーに頼りすぎず、最終的には自分たちの耳で合ってるか合ってないか判断できるようにすること。チューニングB♭《べー》から1オクターブ上まですべての音でピッチが揃うようになったら、ハーモニー練習をやろう。本当なら時間をかけてじっくりやらなきゃいけないことだけど、ゴールデンウィークまでの3週間で集中してやりきる」

ブラスのメンバーは「はぁい！」と返事をした。

「俺は、気合や根性って言葉は好きじゃないけど、いまは利用できるなら気合と根性でも利用してやるしかない。特に3年生はいまやらんと後悔するさー。それから、入ったばっかりの1年生はつらいと思うから、ケアを忘れんように」

「はぁい！」

「1分1秒を無駄にせんようにやっていこう」とベニーが言った。

「はぁい！」

「ブラスは必《かんな》ず先生を驚《しか》かせる《ませる》ように練習するから、ピット、バッテリー、カラーガードも同じ熱を持って練習してな。各リーダー、頼んださー」

ユーイーが言うと、ミッツやジョージが「任せときー！」と親指を立てた。

ユーイーは改めて全員を見回すと、最後に声を上げた。

「西原マーチング、いちゅんどー！」

その掛け声に、部員たちは「おー！」と拳を突き上げた。

それからブラスは連日、朝練から部活終了時間まで、ひたすら正しいピッチで吹くためにロングトーンを続けた。西原マーチングは音だけでなく、力強い動きも重視してきたチームだけに、一切動かずにサウンドにこだわり続ける地味な練習はストレスが大きかった。

だが、ひとりずつ吹いてみると、動きながら一斉に演奏すると紛れてしまう音の乱れがあることもわかった。確かに、良吾先生の言うとおり、チンダミは乱れていたのだ。

各パートが個人や複数でロングトーンを続ける中、琉はあちこちに顔を出して、「音が揺れてる」「もっとお腹で支えて。腹式呼吸!」「吹く前に、自分の出す音をちゃんとイメージして」などとアドバイスを続けた。

あるとき、ユーイーは感心しながら琉に言った。

「ほとんどリュウが顧問になってるさー。いつの間にそんな音楽の知識つけたば?」

「勉強してるからな。俺、高校出たら東京の音大に行こうと思ってるわけさ」

「はっさ!　初めて聞いたさー」

ユーイーは驚いて言った。琉とは長い付き合いだし、ずっとマーチングを一緒にやってきたが、琉が音楽を専門に学んでいこうという気持ちになっていることに気づきもしなかった。

「音大受験のためのレッスンも受けてる」

「まさかやー!」

「コロナで練習が削られたりしたろ?　その時間にレッスン行くようにしたわけよ」と言うと、琉は真剣な表情になった。「悪いが、音大受験の準備と重なるから、俺は今年の年末の全国大会には出られん」

「リュウ！　それマジか⁉《たしかか》」

「全国大会は、半端な気持ちじゃ出られん。全力投球できんなら、出る資格はない。みんなにも迷惑かけられんしな」

中学時代から、ふたりとも西原高校が出場しているマーチングバンド全国大会に憧れていた。さいたまスーパーアリーナで一緒に演奏・演技をし、グランプリをとろうと誓い合っていた。まさか高校生活最後の全国大会に一緒に挑めないとは思ってもみなかった。

「だから、俺はオランダでユーイーやみんなと最高の結果を残して、そこで燃え尽きたいと思ってる。中学でお前と一緒にマーチングを始めて今年で6年目。人生の3分の1さー。最後に、お前に世界一をとらせてやる。それで俺のマーチングは終わる」

ユーイーは唇を噛みながらうつむいた。いつも当たり前のように自分のそばでチューバを吹いてくれていると思っていた。自分と一緒に全国大会に出て、一緒に年明けの定期演奏会に出て、一緒に引退するものだと思っていた。

マーチングの基本は5メートルを8歩で歩くこと。校舎の廊下やグラウンドに5メートルごとにポイントを貼り、繰り返し繰り返しきちんと8歩で歩けるように練習する。5メートル8歩が体に染み付き、もう目をつぶっていても歩ける。ユーイーはこれまでずっと琉と一緒に歩幅を合わせ、テンポを合わせて歩き続けてきた。だが、いつの間にか琉は琉自身の歩幅とテンポで、ユーイーとは違う方向へと歩きはじめていたのだ。

「泣いてるのか？」

琉が言うと、「泣くか、アホが《フラー》」と言いながらユーイーは背中を向けた。

「ユーイー、お前は高校出たらどうするんだ？」

「まだ……何も考えてないさー」

マーチングに夢中になりすぎて、進路を何も決めていない。

「一緒に東京に行かないか？」

琉の突然の言葉に、ユーイーは驚いて振り返った。一瞬、息が止まりそうになった。

「観光旅行か？　ワンはディズニーランドに行ってみたいさー。でも、ディズニーランドは東京じゃなくて、千葉にあるんだっけ。東京なら……」

ユーイーはわざとどうでもいい話でごまかそうとした。

「東京で俺と暮らさないか？」

黒い瞳がまっすぐユーイーを見つめてきた。琉も、尚ニーニーも、どうして沖縄の男たちはこんな目をしているのだろう。真夏の湿った夜気の向こうにある海のような目。引きずり込まれたら、二度と戻れなくなりそうな深さ。

「それとも、やっぱ尚ニーニーから離れられないか」

挑むように琉は言った。

「リュウ、ワッターが一緒に行くのは東京じゃなくてオランダさー。ほら《うり》、ユーフォパートがリュウ先生を待ってる。教えてあげれー」

ユーイーは琉の後ろに回り、背中を押した。大きな、筋肉質の背中を手のひらに感じた。身長を追い越され、見上げるくらい高くなってしまったのはいつごろだっただろう。同じ目線で無邪気に笑っていられたころには、もう戻れないのだとユーイーは思った。

ブラスがチンダミに悪戦苦闘している間、カラーガードも練習に練習を重ねた。

美久と1年生ふたりはフラッグを回転させるシングルスピン、ダブルスピンを教わり、数種類のスピンを一連の流れにしたスピンメドレーに取り組んだ。また、レギュラートスという、フラッグを空中で回転させてキャッチするという基本的なトスも教わった。カラーガード用のグローブをつけて練習するのだが、指先は露出している。何度も突き指をしたし、マメもできた。数え切れないほどポールが頭や体にぶつかり、痣ができた。

それでも、音楽室のほうから必死に正しいピッチを身につけようとしているブラスの音、気合を入れて練習しているバッテリーやピットの音が聞こえてくると、自分たちも負けないように頑張らなければという気持ちになった。

3種の手具のうち、ライフルだけは個々がマイライフルを購入する必要があった。美久たち初心者組は通販で買ったライフルが届くと、ミッツたちに教えてもらいながら白いビニールテープを巻いていった。テープが滑り止めになり、また、本体を保護する役割にもなるのだ。

ライフルはその名のとおりライフル銃を模した手具。形状がやや複雑で、重心が中央にない。パフォーマンスの中ではフラッグと同様に手で回転させたり、トスしたりすることが多いが、難度はフラッグ以上に高かった。

「セイバーも独特な扱いが必要になるけど、ライフルのテクニックの応用ができるから、ライフルがある程度できるようになったら始めよう」

ミッツにそう言われ、美久たちは手具なしのボディワークとフラッグに加え、ライフルを徹底して練習した。ライフルはさらに美久の体に痣を増やした。

「いまからちょっと2、3年生だけでやるから、ミークと1年生は少し休んでて」

ミッツの指示で、美久たちはピロティから少し離れたアスファルトの地面に腰を下ろした。全身が疲労していた。タオルで額や首筋の汗を拭う。タオルの生地がじとっと肌に張り付くように感じた。特に疲れているのは腕、上半身だ。バレエではそこまで使うことのなかった筋肉が酷使され、キリキリと痛む。

美久はアスファルトの上に横たわった。生温かさが頭や背中に伝わってくる。青い空、コンクリートの校舎、フクギやクワディーサーの葉が目に映る。

数カ月前まで自分が東京の高校に通っていたことが嘘のように思えた。決して悪い学校ではなかったし、悪い生徒たちでもなかった。校舎は清潔だったし、ほとんどの生徒は校則を守り、お互いがつかず離れず、それぞれの領域を大切にしながらスマートに生きていた。美久は生活の中心がバレエだったから、親しくする友だちはいなかった。

2年間に3人の男子から交際を申し込まれた。3人ともほとんど話したこともない人で、1人は先輩、1人はクラスメイト、1人は他校の生徒だった。この人たちはいったい私の何を知っているのだろうと思いながらも、美久は彼らの告白を聞いた。

3人とも「もし迷惑だったら申し訳ないけど、ずっと鷹栖さんのことが気になっていたから、付き合ってもらえたら嬉しい」というようなことを口にした。そして、美久が断ると、「時間をとらせてごめん。このことは気にしないでほしい。こちらも気にしないようにするから」と笑顔で去っていった。気を使ってくれたのだと思ったが、まるで幻から告白されたようで、実感が残らなかった。

だから、沖縄でユーイーに平手打ちされたときは驚いた。同級生に叩かれるなんて初めてだったけれど、そのとき、そこにユーイーの存在をしっかりと感じた。ユーイーの皮膚と、肉と、血と、骨と、それらに包まれた思いを感じた。そして、自分自身がそこにいることも。

沖縄では、すべてのものが、確かにしっかりとそこにあると感じられる。人も、海やウージや道も、音楽も、フラッグやライフルも。自分の体に痣ができることも美久は嫌いではなかった。まるで自分が頑張った証にもらえるスタンプのようだった。バレエをやっていたときの足のタコや傷と似ているようで、少し違っていた。

比呂士は「楽器は人で、楽譜は環境」と言っていた。美久も、沖縄という楽譜で音を奏ではじめているのだろうか——。

仰向けになったままそんなことを考えていると、イズーが近寄ってきた。

「先輩たち、でーじ上等《ジョートー》さー。イズーはやっぱカラーガードなんてできんかもしれん」

イズーは消えてしまいそうなほど目を細くして笑いながら言った。まぶたがかすかに震えていて、心から笑っているわけではないことがわかった。

「私もだよ」

美久は上半身を起こして言った。

「ミーク先輩は、イズーなんかとは全然違うさー。元から出来が違いますよー」

イズーのまん丸い顔は汗だくだった。イズーは建設会社の名前が入ったタオルでその汗をゴシゴシ拭った。額の上でくっきり左右に分けられた長くて太い黒髪は、丸い頭にペッタリと張り付いている。

「ねぇ、イズーはどうしてカラーガードをやろうと思ったの？」

「うーん……笑わん？」

美久は肩をすくめ、微笑んでみせた。

「ミーク先輩には何でも話せる気がするさー。イズーは変な顔だし、手足も短くて太鼓腹だし、バカ《フリムン》でからさー、子ども《ワラバー》のころから『こいつはキジムナーだ』『チョンダラーだ』って呼ばれてきたわけ。実際、チョンダラーの真似は得意でから、エイサーで本物のチョンダラーと一緒に踊って大ウケだったこともあるさー」

イズーは丸顔を何度もタオルで拭ったが、次から次へと汗が吹き出してきた。

「でも、ネットの動画で西原マーチングのショーを見て、カラーガードが踊るの見て、目がハートになったわけ。イズーもこんなして踊りたい、キラキラしたきれいな衣装着て、フラッグとかライフルとか自由自在に操って踊りたい。かわいい、かっこいい、美しい《ちゅらさん》って思われたい、男の子たちにモテたいって考えたわけ。おかしいばぁ、こんな見た目なのに？」

イズーは踊るような手振りをし、おどけた表情をした。

「おかしくない」と美久は言った。

すると、イズーは急に表情を曇らせた。

「おかしさー！　顔も悪い、何やらせてもどんくさい、こんなチョンダラーがキラキラして踊るカラーガードに憧れてから。毎日練習に出るたんび、がっかりする。なんでイズーは自分ができんことをやろうとしたばぁ、自分が永遠になれんもんになろうとしたばぁ、って。練習を録画した動画を見るの、めっちゃ《しに》つらいのよー！」

イズーはタオルで顔をしきりに拭った。流れているものは汗か涙かわからなかった。美久は、イズーが心底怒っているのだと思った。

「わかるよ、イズー」と美久は言った。

「ミーク先輩にはわからんさー。踊りはうまいし、誰が見てもちゅらかーぎー。男子がいつもチラチラ見てるやさ。先輩みたいな人には、イズーの気持ちはわからん！」

「ううん、わかる」と美久は引き下がらなかった。「イズー、私もね、東京にいるときは毎日突きつけられてきた。自分にはどう頑張っても無理なんだって。自分はダメな人間、認めてもらえない人間なんだって。そして、最後には見捨てられたの。だから、私はいま沖縄にいるの。誰かが私を見捨てたんじゃなくて、私自身が私を見捨てた。それで、沖縄に逃げてきたの」

イズーは険しい表情をして美久の言葉を聞いていた。

「物心ついたときから、毎日毎日バレエをやってきた。でも、ダメだったの。マーチングを始めて、やっぱり自分はマーチングも才能がないんだって思ってる。でも、イズー、私はもう逃げたくないんだ……」

歩き去っていく母の背中が目の前に浮かんだ。

「いままで友だちもまともにいなかったけど、マーチングバンドに入って大切な仲間ができた。その仲間のために頑張りたいし、仲間と一緒に素敵なショーをつくり上げてみたい。みんながいてくれたら、どれだけ毎日自分自身にがっかりしたとしても、私は逃げないで戦える気がするの。だから、イズーも一緒に戦ってみない？」

イズーは黙っていた。

「ある女の子が言ってたの。マーチングをやっているとき、『私の演技を見れー！』って思ってるんだって。私もそうなりたい。練習は大変だけど、もっともっと練習したい。1日も早く上手になりたいの」

すると、急にイズーの顔から力が抜けた。

「そうだよね《だーるよね》。イズーも上手になりたい。ミーク先輩、ありがとうございます」

「ううん。一緒に上手になって、オランダで世界デビューしようよ」

美久の言葉に、イズーは笑みを浮かべた。そして、力いっぱい頷いた。

「オランダへ、いちゅんどー」

美久が言うと、イズーは拳を突き上げて「おー！」と声を上げた。

「休憩終わりー！」

ミッツの声が響く。

「はぁい！」

ふたりの明るい返事が青空に吸い込まれていった。

11　風に乗り、波に流され

良吾先生は指揮台の椅子にあぐらをかき、頭をボリボリ掻いた。

「先生、どうだったわけ？　焦らさんで、早く言ってくれん？」

ユーイーが先生に迫った。

ゴールデンウィークが目前に迫り、満を持してブラスは音楽室で練習の成果を先生に聞かせた。

バッテリーやピット、カラーガードもその様子を見守っていた。

だが、いつまでも先生は言葉を発しない。

「ワッターのチンダミ、きれいに揃ってたろ？」

できる限りのことをしてこの日を迎えたつもりだったが、ユーイーも少し不安になってきた。

すると、良吾先生は「全員、グラウンドへ」と言い残すと、さっさと音楽室から出ていってしまった。

部員たちは戸惑いながらも、仕方なく先生の後に続いた。ジョージが「バッテリーも行くば？」と聞いてきたが、「全員っていうのは、バッテリーもピットもガードもってことだろ」とユーイーは答えた。

グラウンドに出ると、サッカー部が練習していた。先生はサッカー部員たちに「ごめん《わっさいびーん》、ごめん《わっさいびーん》」と言いながら片方のゴール裏にブラスを一列に並ばせた。そして、自分はバッテリー、ピット、ガードのメンバーたちとともに反対側のゴール裏に行った。

先生は美久を手招きし、横に立たせた。そして、スマホを取り出してユーイーに電話をかけた。

小さく見えるユーイーがポケットからスマートフォンを出すのが見えた。

「ピッチは一切気にせんでいい。全員でB♭《ベー》を、前みたいに全力のデカい《マギー》音で吹いてみれ」

向こうでユーイーが先生の指示をみんなに伝えているのが見えた。

先生が大きく手を振って指揮をし、音の出だしの合図を送った。

グラウンドの向こうからブラスの音が聞こえてくる。芝生で演奏したときと同じような音だが、距離があるのと、サッカー部が動き回る音、ボールが弾む音、掛け声や息遣いなどが響いているため、音は小さく聞こえた。壁などがない広いグラウンドでは音も拡散してしまうのだろう。

先生は手を振ってブラスの演奏をやめさせ、またユーイーに電話をかけた。

「今度はピッチを揃えてB♭《ベー》。全力で吹かんでいい。よくほかの奏者の音を聴いて、お互いにチンダミ合わせながら吹けー」

先生はもう一度大きく手を振って指揮をした。ブラスの音が聞こえてくる。

(さっきとは全然違う！)

美久は驚いた。サッカー部の音が間にあるのに、しっかりと音が響く。まるで空中に音のトンネルができたかのように、太くてクリアな音が耳まで届く。輪郭がはっきり聞こえる。

「ミーク、どうか？」

先生が自分の名前を覚えていたことに驚きながら、美久は答えた。

「さっきよりずっとよく聞こえます。あと……きれいな音だと思います」

「だーるよー」

先生はニンマリ笑った。こちら側にいるほかの部員たちも美久と同じことを感じているようだった。

続いて先生はブラスにハーモニーを吹くように指示した。シンプルなドミソから始まって3つの和音を4拍ずつ奏でるもっとも基礎的なハーモニー練習だ。すると、教会音楽のような厳かな音がグラウンドに響いた。間にいたサッカー部員たちも思わず足を止めて耳を傾けた。

「めっちゃ上等《じょうとう》な音やっさ！」

「でーじ変わったね！」

口々に言うまわりの部員たちの声を聞き、美久も思わず笑顔になった。

その後、全員で音楽室に戻ると、良吾先生が口を開いた。

「わかったば？　チンダミがぴったり合って、ハーモニーが揃えば、デカい音《マギー》で吹かんでも音は響き、遠くまで飛ぶ。特に、世界音楽コンクールが行われるケルクラーデのパルクスタット・リンブルフ・スタディオンは天井もない競技場やっさ。観客はほとんどがオランダ人。クラシック音楽という、ヨーロッパの伝統音楽に慣れ親しんできた連中さー」

そこまで言うと、不意に先生は「イーヤーサーサー！」と声を張り上げた。

「ハーイーヤー！」

ユーイーを含めた多くの部員たちがコール・アンド・レスポンスのように声を上げたので、美久は驚いた。それは沖縄民謡でお決まりの囃子詞《はやしことば》だった。

「これはたとえ。向こうの連中はこのレベルでクラシックとその音に親しんでるってことさー。マーチングだろうが、吹奏楽だろうが、もとは西洋音楽だば？　ワッターが半端な沖縄民謡聞かされたらワジワジするように、連中は半端な音、半端な演奏は認めん。だから、まずは音づくり。いい音でいい音楽をつくるところからさー」

「じゃあ、世界音楽コンクールに出られるってこと⁉」とユーイーが言った。

「隣の音楽準備室に楽譜とコンテが届いてる」と先生が言った。

部員たちは目を見開き、雄叫びを上げながらダッシュで取りにいこうとした。

「おい、待てー！」と先生は止めた。「楽譜を見て、すぐ楽器で演奏したらいけんさー！　まず、目で読む。強弱記号、発想記号、アーティキュレーションを、なぜそこにそれがあるのかを考えながら頭に叩き込む。その後、楽譜にある一音一音を正しいピッチで8拍ずつロングトーンする。ヤッターはもうその意義はわかるば？　急がば回れさー！」

「はぁい！」

部員たちが飛び出していった後、取り残された美久は良吾先生と目が合った。

「先生はオランダの……世界音楽コンクールの会場に行ったことがあるんですか？」

美久は気になっていたことを尋ねた。

「あるさー。でーじデカい《マギー》スタジアムよ。芝生を囲んで観客席がばーっとあってな。あそこで踊ったら、しに気持ちいいはずさー」

先生は優しく微笑んだ。

緑の芝生、360度を取り囲む巨大なスタンド、観客たちの歓声、そこを吹き去っていく乾いた風――見たこともない風景が美久の目の前に一瞬浮かび、消えていった。

「世界大会、行くことにしたかー。まずまず、よかったさー」

首里の居酒屋で上江洲栄《かみえすさかえ》先生が目を細め、泡盛の注がれた琉球ガラスのグラスを持ち上げた。

テーブルの向かいに座っていた良吾先生もグラスを手にしたが、上江洲先生が思い出したように付け加えた。

「そういえば、赤ん坊《あかんぐゎ》も生まれたんだったな。おめでとう。嘉例《かりー》！」

「かりー」

良吾先生は上江洲先生とグラスを合わせた。

店にはほかに客はいなかった。コロナ禍の影響で観光客は激減していたし、酒が大好きなウチナーンチュたちもこの2年ちょっとで居酒屋から足が遠のいていた。たとえ飲みにきても短時間でさっさと帰ってしまう。

壁にオリオンビールのポスターや地元出身のミュージシャン、タレントたちのサイン色紙が貼られた店内に、寂しく沖縄民謡が流れていた。

良吾先生は島らっきょうをガリッと齧った。

「でも、本当に世界大会なんて出場していいんでしょうか？　生徒たちはワンがわざと出した難しい課題をクリアしました。そこまでして出たいと言うんですけど、ワンは心配なんです。もしオランダに向かう飛行機がウクライナとロシアの紛争に巻き込まれたら。現地に無事着いても、コロナの感染が広がったら……」

「心配するのは教師として大事なことさー。紛争も、コロナも、もちろん危険やさ。でも、どこにいてもリスクはゼロにできんでしょ。沖縄の子らは、日常的に頭上を米軍の戦闘機やら爆撃機やらが飛び交い、地面を掘ったら不発弾が現れ、そこら中に戦争の爪痕が残る沖縄で育ってきたわけ。リョウゴもそうだば？　だから、教師の腕の見せ所は、リスクや責任を考えて目の前の目標を諦めるんじゃなく、いかにそのリスクをゼロに近づけながら生徒たちの願いを叶えてやるかってところさー」

上江洲先生は半袖のかりゆしウェアから覗く腕に力こぶを作って見せた。先生の肌は日に焼けている。良吾先生も焼けている。特に沖縄で教員をしていると、たとえ音楽科であろうと、日焼けから逃れることは難しい。

「ワンが高校生のときも、先生はそうやってくれてたんですね。自分が教師になって、ようやく先生の気持ちが理解できるようになりました」

良吾先生が言うと、上江洲先生は優しい笑みを浮かべた。

「リョウゴもいい子だったけど、西高の子らもいい子たちでしょ？」

「はい。素直で、ガッツがあって、個性もいろいろです。中には、音楽的に才能のあるやつもいます。チームとしての伸びしろはまだまだあると思います」

「リョウゴがそう言うなら、これからが楽しみさー。高校時代のリョウゴみたいな子もいるでしょ？」

上江洲先生はかつて西原高校で勤務していたこともあり、たまにマーチングバンドの練習に顔を出していたので、部員たちのことも覚えていたのだ。

「伊部琉ですか？」

「そうそう、伊部琉！　リョウゴとリュウで、名前も似てるさー」と上江洲先生は笑った。「リュウは音大行くって言ってるの？」

「はい、ワンと同じ東京の」

「せっかくなら沖縄県立芸術大学《おきげい》に行ってほしいけどねー」

「サカエ先生はワンのときもそう言ってたさー」と良吾先生は笑った。

良吾先生は西原マーチングに憧れながらも、プロのサックス奏者になるという夢のために別の高校に進み、吹奏楽部に所属した。上江洲先生は当時の吹奏楽部顧問で、音楽的な指導、聴音やソルフェージュなど音大に入るための対策もしてくれた。レッスンをしてくれるプロの奏者も紹介してくれた。

「リョウゴが東京に行ったときは寂しかったよ。でも、こうして先生になって帰ってきてくれた」

「臨時的任用ですけどね。いいんだか、悪いんだか。まさかワンが教師になるとは思わんかったさー」

良吾先生が自嘲するように言い、もずく酢をズルズルッとすすった。

「人生、そんなもんよ。風《かじ》に乗り、波に流され。行き着いた先で根を張り、花を咲かせ、実をつければいいいさー」

上江洲先生は暇そうに立っていた店員に泡盛のおかわりを頼んだ。

良吾先生の頭にふと、東京から来た鷹栖美久のことが浮かんだ。高3で転校してくるというのはきっと複雑な経緯があるのだろう。担任からは父子家庭だと聞いていた。都会的な顔立ちをした美しい少女だったが、最初は重苦しい空気をまとっていた。しかし、わずか数週間でだいぶ明るくなり、部活でも光を放ちはじめている。

あの子も、自分と同じなのかもしれない。上江洲先生が言ったように「風に乗り、波に流され」て沖縄にやってきた。そうして、何の因果か自分が見ることになったマーチングバンドで花を咲かせようとしているのかもしれない。

赤嶺唯衣や伊部琉たちの成長ぶりも目を見張る。文字どおり日に日に上達し、どれだけヘトヘトになるまで練習しても、翌日になるとエネルギー満タンで登校してくる。まるで東の海から昇ってくる太陽《てぃーだ》のように。

「教師は一度やったらやめられない、でーじ面白い仕事さー」

上江洲先生は言った。

「はい。ワンにもちょっとずつわかるようになってきました」

「顧問になっていきなり世界音楽コンクール。大役だけど、リョウゴならできる。今年はちょうど沖縄の本土復帰50周年だし、タイミングもいい。オランダで世界一をとって、リョウゴに新しい西原マーチングの時代をつくっていってほしいわけさー」

上江洲先生が言うと、良吾先生は改まって背筋を正し、こう打ち明けた。

「サカエ先生……ワンは今年、教員採用試験を受けるつもりです」

「はっさ！　そりゃいい！」

「結婚して、子どももできて、やっぱ臨時では……」

「そうか。リョウゴが正式に教員になって、沖縄の学校教育と音楽を支えてくれるなら心強いさー」

と上江洲先生は言い、一度言葉を切った。「でも、新採になると、臨時的任用教員は現任校にはいられん。西原からは離れることになるよ？」

「……わかってます」

先生はグラスを揺らした。美しいブルーのグラスは琉球ガラスだ。泡盛が揺れると、グラスそのものが沖縄の海のように見えた。

風《かじ》に乗り、波に流され。行き着いた先で根を張り、花を咲かせ、実をつければいい——。

上江洲先生の言葉を、良吾先生は心の中で反芻した。

12 夏至南風《カーチベー》が吹くまでに

美久はどうしてできないのかな。リオナにお手本やってもらうから、よく見ててね。

スタジオに母の冷たい声が響く。ここは美久の家の一部でもあるのに、どこまでもよそよそしい。いや、いつも言われてきたではないか。ここは家ではない。ここにいるときは母は鷹栖麻里ではなく、室町麻里《むろまちまり》という偉大なバレエダンサー、美久の先生なのだ。決して母と思ってはいけないし、「お母さん」と呼んでもいけない。

まるで氷原のように冷え切ったスタジオの空気を美久は忘れることができない。

じゃあ、リオナ、やってみて。

倉吉リオナという少女は、あたかも美久などそこに存在しないかのように、美しく尖った鼻先をツンと上げ、踊りはじめる。しなやかなプリエ、重力を制御したかのようなポワント、スピードがありながらも極めて安定したフェッテ……。若いころの室町麻里を彷彿とさせる踊りだ。

麻里は腰に手を当てて満足そうにリオナを見つめる。スタジオの壁を覆った鏡の中に麻里、リオナ、美久が映っている。美久は自分自身と目が合う。

なんて惨めなのだろう。バレエダンサーなのに、なぜ自分は踊らずに、突っ立ったままリオナの踊りを眺めているのだろうか。いや、踊らないのではなく、踊れないのだ。このまま消えてしまいたい。自分なんか、消えてしまえ——。

大汗をかいて目が覚めると、美久は思わず両手で顔を覆った。

左肩がズキッと痛んだ。昨日の練習でライフルをぶつけて痣になったところだ。その痛みが美久を現実に引き戻す。痛みをありがたいと思ったのは初めてだ。

ここは沖縄だ。いつものようにウージのざわめき、かすかな波音が聞こえてくる。ここが沖縄でよかった。

リビングへ行くと、比呂士がテレビを見ていた。

「おはよう。朝食、作っておいたよ」と比呂士は言った。

テーブルの上にはトーストと目玉焼き、レタスとキュウリのサラダ、紅茶が並んでいた。

「珍しいね。ずっと起きてたの？」

「早起きしたんだ。気が向いたっていうか、目が覚めちゃったっていうか。最近、美久は疲れてるだろう？　だから、お父さんとしてもちょっとは力になりたいと思ってね」

「それがずっと続いてくれると嬉しいんだけどなぁ」

美久が冗談めかして言うと、比呂士は笑った。

「ずっと続けられる人間だったら、きっと作家なんかやってないよ」

美久がありがたく朝食を食べはじめると、ふとテレビのテロップが目に入った。「沖縄本島が梅雨入り」と書かれていた。

「えっ、梅雨!?　まだゴールデンウィークなのに？」

「沖縄は本土より梅雨入りも梅雨明けも1カ月くらい早いんだよ」

さっき嫌な夢を見たのも、一段と高まった湿度のせいかもしれないと美久は思った。

「世界を目指すんだもんな。頑張れよ」

「ありがとう。お父さんも頑張ってね」

美久はそう言ってからハッとした。余計なことを言っただろうか。父の横顔は少し微笑んでいるように見えた。テレビでは、目前に迫った沖縄復帰50周年記念式典の話題をテンションの高いレポーターがしゃべり続けている。

「50年前はここはアメリカで、ドルが使われてて、車も右側通行だったんだよなぁ。いや、それを言ったら150年前は琉球王国か……」

比呂士は誰に言うともなくつぶやいた。

慌ただしく準備をし、バッグを持って外に出た。空はどんよりと低い雲に覆われ、雨もぽつぽつと降っていた。ユーイーも車の中にいた。

美久が「ハイタイ」と言いながら後部シートに乗り込むと、車が発進した。

冴えない天気のせいか、誰もしゃべらなかった。道端のウージは前よりさらに背丈が伸びていたが、湿気を帯びて重そうに葉先を垂れ下がらせていた。

「顔色、悪いな」

口を開いたのは尚ニーニーだった。鋭い目がルームミラー越しに美久を見ていた。

助手席のユーイーが振り返り、「本当さー。悪い夢でも見たわけ？」と言った。

「だからよー」

美久が言うと、一瞬置いて、ユーイーが爆笑した。

「使い方、おかしかった⁉」と美久は慌てて言った。

「いやいや、おかしくないさー。ただ、ミークが言うのがおかしかったわけ。東京もんって感じだったミークも、ついに沖縄に染まってきたさー」

ユーイーは笑い転げ、車内の雰囲気が明るくなった。

「ねぇ、そんなに顔色悪いかな?」

美久は、隣に座っている琉に尋ねた。

「わからん。天気が悪いから、そう見えるだけじゃないか」

琉は美久の顔をチラッと見ただけで、そっぽを向いてしまった。

ここのところ、ユーイーと琉がギクシャクしているのを美久は感じていた。気のせいかもしれない。だが、ふたりの会話は少なく、話すときは美久を経由するような形になることが多かった。それに、琉はどことなく不機嫌だ。

明確に仲違いしているわけでもないから、何かあったのかとも聞きにくい。放っておけばいいのかもしれないが、どうしても美久は気になってしまった。

雨がまとまって降りはじめ、尚ニーニーは車のワイパーを動かした。どこか錆びているのか、軋みを帯びた駆動音が車内に響いた。

「ブラスの調子はどう?」

美久が尋ねると、ユーイーが振り返って言った。

「演奏のほうはうまくいってるよ。良吾先生も、演奏の指導は鋭いさー。厳しいけど、みんなどんどんジョートーになってきてる。問題は動きのほうさー。まだ全然練習できとらんのに、梅雨入りよ。雨の日は廊下でMMくらいしかできんし、体育館練習をどんだけ有効に使えるかやっさ。あぁ、早くカーチベー吹かんかなー」

「カーチベーって？」

美久が尋ねると、琉がそっぽを向いたままぶっきらぼうに言った。

「梅雨明けごろに吹く強い南風のことさー。漢字では夏至南風って書く」

「そうなんだ。教えてくれてありがとう」

美久は言ったが、返事はなかった。

放課後、ブラスが練習する音楽室も梅雨特有の暗さに覆われていた。

良吾先生は指揮台の椅子にあぐらをかき、指揮棒を振った。

世界音楽コンクール用に用意された《ザ・ワールド・イズ・ワン》は、オールディーズやアメリカ映画音楽、ポップス曲のメドレーで構成されていた。

ザ・コーデッツのヒット曲《ロリポップ》に始まり、リトル・エヴァの《ロコモーション》、エルヴィス・プレスリーの《好きにならずにいられない》と続く。ここで「プッシュ」と呼ばれる見せ場がある。雰囲気が変わってゴーゴーズの《ヴァケーション》、映画『モダン・タイムス』のテーマ曲でチャールズ・チャップリンが作曲した《スマイル》、続けて同じく『モダン・タイムス』から《ティティナ》、映画『ライムライト』の《テリーのテーマ》で2度目の盛り上がり、「セカンドプッシュ」がある。そして、マイケル・ジャクソンとライオネル・リッチーが共作した《ウィー・アー・ザ・ワールド》で、マーチングの最大の見せ場である「カンパニーフロント」。再び《ヴァケーション》でショーが終了……と見せかけて、カーテンコールのように派手に《ウィー・アー・ザ・ワールド》を演奏して終わる、という流れだ。

楽譜自体はさほど難しくはない。ただ、暗譜はもちろんのこと、動き続けながらしっかり演奏する必要がある。途中には、トランペット奏者がフリューゲルホルンに持ち替えてのソロ、トロンボーンとユーフォニアムの二重奏、トランペットの二重奏、メロフォンのソロなどの聴かせどころもあり、個人技が問われる。

「いいか。カーチベーが吹くまでに、演奏は完成させるどー。梅雨が明けたら、一気にドリルを仕上げていく。そのときに動きの練習に集中できるように、いまのうちに寝てても正確に演奏できるくらいに仕上げる。完璧じゃ足らんさー。200パーセントまで持っていく」

良吾先生が言うと、ブラスは「はぁい！」と返事をした。

「いちゅんどー！」

先生が指揮棒を上げると、奏者はシャキッと楽器を構えた。

「1《てぃー》、2《たー》、3《みー》、4《ゆー》！」

先生のカウントと指揮で演奏が始まった。音楽室に並んだ楽器のベルから色とりどりの音が放たれる。だが、先生は浮かない顔で、後半へ行けば行くほど眉間のしわが深くなっていった。そして、ついに最後まで到達せずに先生は演奏を止めた。

「ヤッター、どうしたば？　梅雨だからって、音まで湿ってるさー」

先生はそう言うと、琉を指揮棒で指した。

「リュウ、微妙にデカい。ヤーの音が悪目立ちして、中音を消してる」

琉が演奏で注意を受けるのはめったにないことだったので、ユーイーやほかのメンバーは驚いた。

「すみません」と琉は無表情で答えた。

先生は何か言いたそうな顔をしていたが、「もう一回《なーてぃーちぇ》」と指揮棒を構えた。

「いちゅんどー！」

ユーイーは琉の様子が気にかかってチラッと横を見た。だが、琉の表情は肩に担いだチューバの管体に隠れて見えなかった。

先生が改めて指揮棒を振ろうとした瞬間、頭上に爆音が響いた。空をナイフで雑に切り裂くような音とともに校舎の上を米軍の戦闘機が通り過ぎていった。

「雷が落ちたかと思ったさー」

先生は顔をしかめながら窓の外に目をやり、ため息をついた。


そのころ、カラーガードはピロティにいた。

「ごめん、聞こえんかった。もう一回いい？」

戦闘機の音が遠ざかった後で、ハルコーさんがミッツに言った。

ハルコーさんは本名は与那《よな》春子という。5年前に世界音楽コンクールにカラーガードとして出場したメンバーで、卒業後はときどき後輩たちの指導をしにきてくれていた。

曲とコンテが決まり、ミッツとリンカーは自分たちが考えた振り付けをハルコーさんに相談しているところだった。

ミッツはスマートフォンを使って音楽を流す。編曲者から送られてきた電子音の《ザ・ワールド・イズ・ワン》だ。

「ここの部分はブラスの輪の中でひとりだけフラッグで演技して、残りは……」

するると、ピロティにゴトンと音が響く。ハルコーさんやミッツたちが振り向いた。顔を赤らめた美久が地面に転がったライフルを慌てて拾い上げた。

美久とイズー、チエーの初心者3人組は、2年生のサクラーとマキマキに指導されながらライフルを片手だけで回す練習をしていた。

ハルコーさんは美久のほうを見ると、はっきりした口調で言った。

「練習を練習だと思わない。いつでも目の前に観客がいると思ってやること」

「すみませんでした」と美久は頭を下げた。

「ワジられたー、ワジられたー」とサクラーが笑った。

「まぁ、観客っていっても、あなたたちはまだ一度も本番を経験したことがないわけだし、仕方ないか」

ハルコーさんは立ち上がると、美久のほうにやってきた。

「あなた、ミークだっけ？　ちょっと喜怒哀楽やってみてくれん？」

後ろでミッツが音楽を流しはじめたので、美久は仕方なく「喜」のボディワークをやってみせた。

毎日やっているので、もうすっかり体が覚えていた。

「バレエ経験者ね。しかも、小さいころからかなりやり込んでたば？」

「さすがハルコーさんは鋭いさー。ミーク、あっさりバレたね」とリンカーが笑った。

「でも、ちょっと繊細すぎるね。カラーガードはバレエじゃない。それに、西原マーチングのカラーガードはほかのチームのカラーガードとも違う」

ハルコーさんはそう言うと、パンプスとフットカバーを脱ぎ、裸足になった。そして、「ミッツ、音楽」と指示を出すと、「喜」のボディワークをやった。7人のメンバーはそのしなやかな動きに目を奪われた。

「ハルコーさん、でーじジョートーやっさー！」

マキマキが鼻の穴を膨らませながら言うと、「ジョートーとか、どこから目線ば？」とリンカーがたしなめた。

「ミーク、わかる？　あなたの踊りは上へ上へ、妖精みたいに地面から浮き上がろうとする踊りに見えるわけさー。ヤマトゥーのカラーガードはバレエシューズとかを履いてやったりするけど、西原マーチングのカラーガードは裸足で演技する。それは、地面から力をもらうためだわけ」

ハルコーさんはそう言うと、足の裏でドンドンと地面を踏みつけた。

美久はハルコーさんの言葉で、倉吉リオナのバレエを思い出した。宙に舞い上がっていきそうなダンス。映像で見た若いころの室町麻里のバレエにそっくりだった。自分もそんなふうに踊れたら……と何度も思った。しかし、いま、そのダンスは正解ではない。

「この地面、この島から力をもらうわけさー。だから、足の指でグッと地面をつかむ。つかんで、そこにある力を引き上げて、自分の力にする。そのための裸足よ。バレエみたいに踊ることもあるけど、もっと下への意識を持つといいよ。あとね、カラーガードはソロで踊るわけじゃないから、同じ地面でほかのガードのメンバーとつながってる、ブラスやバッテリーやピットともつながってるって感じてね」

「はい」

地面から——沖縄の島から力をもらう。美久が想像したこともないイメージだった。あの子とは正反対のベクトルを向いて踊れるんだと思うと、肩から力がすっと抜けた。

「首から上の使い方、腕から指先までの使い方とかは抜群だと思う。ミッツたちは、そのへんは逆にミークに教わったほうがいいかもしれん」

「はぁい！」とミッツたちが返事をした。

「ところで、上原良吾ってどう？」

ハルコーさんが尋ねると、ミッツが答えた。

「最初はやばいやつかと思いましたけど、意外といい先生かもしれないです。ブラスとピットはだいぶシゴかれてますけど、すごく良くなりました。ハルコーさん、良吾先生のこと知ってたんですか？」

「私たちが出た世界音楽コンクールを見にきてたからね」

「ケルクラーデに、ですか!?」とリンカーが目を丸くした。

「そう。あの人自身は西高出身じゃないけど、西原マーチングの大ファンだったみたいで。うちの姉《ネーネー》が同い年なんだけど、サックスがうまくて県内でも有名だったって。高校時代はマーチングやらずに音大目指してたんじゃないかな」

顔を見合わせるカラーガードのメンバーのところに、《ザ・ワールド・イズ・ワン》を演奏するブラスの音が聞こえてきた。

良吾先生にも、きっといまの自分たちと同じように重いものを抱えて苦闘していた高校時代があったのだ——そんな当たり前のことに美久は改めて気づいた。

その日、迎えのワーゲンバスに乗り込むなり、ユーイーは尚ニーニーに言った。

「ミークと話してたんだけど、練習が足りないから自主練習したいわけさー」

「雨降ってるぞ。どうするば？」

ニーニーはフロントガラスの先を覗き込むようにしながら車を発信させた。

「カンカンビーチのとこに屋根あるば。あの下で練習しようかって」

「ふぅん」

ニーニーは正門を出たところでハンドルを左に切った。重たい雨の国道に出ると、車は気だるいエンジン音を立てながら加速する。

「琉はどうする？」とニーニーが尋ねた。

「楽器ないし、帰ります」

「そのまま練習行くなら、途中でそばでも食ってくか」

「じゃあ、お母に連絡してみるさー」

ユーイーはレミに電話をかけ、夕食はいらないと告げた。

「琉、お前もそば食ってくだろ？」

尚ニーニーに有無を言わせぬ口調で言われ、「あぁ、じゃあ……」と琉は曖昧に答えた。

ニーニーはUターンするために小さな駐車場のようなところに車を乗り入れた。美久は雨滴のついた窓から外を見た。「西原の塔」と書かれた看板があり、石造りの屏風のようなものが並んでいるのが見えた。

「沖縄戦で亡くなった西原の住民の名前が刻まれてるのさー」

尚ニーニーは車を一時停止させ、ルームミラー越しに美久を見た。

「ここは激戦地で、住民の半数近くが亡くなってる。半数やっさ。うちのタラーおじいは当時西原に住んどってから、命からがら生き残ったうちのひとりさー」

美久は何も言えず、ケースに入ったライフルをギュッと抱きしめた。ユーイーも琉も黙っていた。

車は再び走り出した。坂を下ってしばらく行ったところに店があり、ニーニーは駐車場に車を乗り入れた。

座敷席に座ってメニューを見たとき、美久は「あれ?」と声を出した。

「ミーク、もしかして日本そばだと思ってたば?　沖縄でそばって言ったら、沖縄そばさー」とユーイーが笑った。

やがて、注文したそばが運ばれてきた。美久にはラーメンかうどんのように見えた。食べてみると、麺はこしがあり、だしの効いた汁が空腹に染みた。ユーイーや琉も腹が減っていたのか、勢いよく麺をすすった。

太くて平たい麺の扱いに美久は手こずり、汁のしずくをテーブルに飛ばしてしまった。

「ごめんなさい」

美久が謝ると、尚ニーニーは「気にするなよ《せんでさー》」と笑った。

ニーニーに優しい表情を向けられるのが初めてで、美久は戸惑った。

「どうだ、うまいやっし?」

「はい、すごく美味しいです」

「だからよー。沖縄そばは最高さー」

まるで自分の手柄であるかのように、ニーニーは自慢げに言った。

そばを食べ終わると、再び車に乗った。

途中で琉を下ろすと、琉は雨の中を傘もささずに走っていった。いつも美久は遠ざかっていく琉の背中が気にかかる。母の後ろ姿とはまた違うその背中は何かを語っているように見えたが、声にも文字にもならないその言葉を美久は読み取ることができない。

車は赤嶺家に立ち寄った。尚ニーニーが敷地へ入っていったかと思うと、バスの側面のドアが開き、何かが飛び込んできた。嬉しそうに尻尾を振りながら美久の脚に顔を擦り付けてきたのはウンタマだった。

「ウンタマ、覚えててくれたの？」

美久が頭を撫でると、ウンタマは耳を垂らしてさらに顔を擦り付けてきた。

「ウンタマは若い女の子《イナグングヮ》が大好きでからさー。心《くくる》の中はおっさんさー」

ユーイーが振り返って笑った。

車はウージや芭蕉の生えた畑の間を走っていった。やがて左側にドーム状の施設が見えてきて、尚ニーニーは美久たちを降ろすと、車を駐車場に停めにいった。

売店やトイレ、シャワーがある海水浴客向けの施設で、すぐ向こうにビーチが広がっていた。すでに日は落ちて売店は閉まり、海も闇の中にうっすらとしか見えない。ひと気もなく、これなら誰にも迷惑をかけずに練習できるだろう。

さっそくユーイーは楽器ケースからメロフォンを出して吹きはじめた。

「あれっ、ユーイー、音が変わった⁉」と美久は驚いて言った。

「わかるば？　練習の成果やっさ」とユーイーは嬉しそうに言った。「やしが、まだまだやっさ。曲の中にメロフォンはソロがあって、奏者はオーディションで選ぶって良吾先生が言ってたわけ。だから、世界大会ででーじかっこいいとこ見せるためにも、もっとジョートーな演奏できるようにならなきゃいけんわけさー」

「ユーイー、すごいね。私なんて、ハルコーさんから『もし手具がちゃんと扱えないなら、手具の部分は演技なしでフィールドの外で待機してもらう』って言われちゃったよ」

「そっか、ハルコーさんも優しそうに見えて、ガードに関しては妥協がない人やっさ。ミーク、チバリヨー！」

「うん、ありがと。ユーイーもチバリヨー！」

ふたりは微笑み合うと、ミークはライフルのスピン練習、ユーイーは曲の練習を始めた。

やがて尚ニーニーがウンタマをつれてやってきた。ニーニーはリードをテーブルの脚に縛ると、椅子に座って三線を弾きはじめた。

美久がライフルを手で受け止めるパシッという音、ユーイーのメロフォンの音、ニーニーの三線の音がドーム状の屋根の内側に反響した。ウンタマは地面にぺたんと伏せて不思議そうに3人の様子を眺めていた。

朝練をやり、放課後の練習をやった後だから、さすがに美久も疲れていた。ライフルの重さがずっしりと腕にかかり、握力も利かなくなってくる。それでも意地になって回していたが、20回近くライフルの落下音が響いたとき、「ちょっと休憩しよ?」とユーイーが美久に言った。

「ミークは根性あるね。見た目と違って」

「どういう見た目よ」と美久は少し唇を尖らせた。

「もう時効だから言うやしが、ヤーがマーチングバンドに来たときは、必《かんな》ずすぐやめると思ってたさー」

「もしかしたら、私、変わったのかもしれない。東京にいるときは、本当に根性なしだったから」

「それは、ミークに心の体力がついたからよ。気合や根性は、心の体力のことだわけ」

「ユーイー、すごくいいこと言うね」

美久は感心したが、ユーイーはすぐにペロッと舌を出しながら「実は、良吾先生の受け売りやっさ」と白状した。

「ユーイーもすっかり先生と仲良しだね」

「いまは一時休戦。世界大会の本番でたっ殺してやるさー」

「そうしたら、全国大会、困っちゃうよ?」

「それもそうやさ」とユーイーは笑った。「ねぇ、ニーニー、なんか歌ってくれん?」

ユーイーが言うと、尚ニーニーは「俺は有線放送じゃねえぞ」と言いながらも、カラクイを握って三線のチンダミをした。美久はしゃがんでウンタマを撫でてやった。

ニーニーは三線で明るくメロディアスな前奏を奏でた。それに続けて、つやっぽい歌声が響いた。

サァ　君は野中のいばらの花か――

すると、ユーイーが「サァ　ユイユイ！」と囃子《ヘーシ》を入れた。

暮れて帰れば　ヤレホンニ　引き止める
マタハーリヌ　ツィンダラカヌシャマヨ
サァ　嬉し恥ずかし　浮名を立てて

ユーイーにうながされ、今度は美久も一緒に「サァ　ユイユイ！」と言った。

主《ぬし》は白百合　ヤレホンニ　ままならぬ
マタハーリヌ　ツィンダラカヌシャマヨ

「すごくいい歌だね。私、この歌好き」

ニーニーが歌い終えた後で、美久は言った。

「ワンも好き。《安里屋《あさとや》ユンタ》って歌さー」とユーイーが言った。

「ねえ、途中のユイユイって、ユーイーの名前みたい」

「沖縄で『結《ゆい》』っていうのは人と人の結びつきのことよ」と尚ニーニーが教えてくれた。「助け合いや共同作業の意味で『ゆいまーる』って言葉もある。《安里屋ユンタ》はもともと仕事中に歌った労働歌だわけさー」

「ワンの名前はそこからつけたってお母が言ってた」

ユーイーの言葉を聞き、そういえば尚ニーニーやユーイーの父親は誰なのだろうと思った。しかし、安易に聞いてはいけない気がした。

「じゃあ、ユーイーってマーチングする子にはぴったりの名前なんだね」と美久は言った。

「言われてみればそうやっさ！　ミーク、鋭い！」とユーイーは嬉しそうに笑った。

「途中に出てきたマタハーリヌ……のところはどういう意味なの？」

すると、尚ニーニーが教えてくれた。

「マタハーリヌはただの囃子詞さー。それで、ツィンダラカヌシャマヨは『本当に愛しい人』っていう意味よ」

「そうなんですか。《安里屋ユンタ》って、ラブソングなんですね」

美久が言うと、なんとなく気まずい空気が流れた。よくないことを言ってしまっただろうかと美久は気にかかった。

尚ニーニーは三線をテーブルに置いて立ち上がった。ウンタマも起き上がり、嬉しそうに尚ニーニーの脚に飛びついていく。

「散歩いってくる」

ニーニーは口にタバコをくわえて火をつけると、ウンタマを連れて砂浜へ下りていった。雨は少し小降りになってきていた。

ユーイーはニーニーとウンタマが遠ざかってから、口を開いた。

「そろそろ教えてくれん？　初めて会ったときの嘘《ゆくし》のこと」

美久は手の中のライフルをギュッと握った。

「私ね、バレエから逃げてきたの。私のお母さんは室町麻里っていう名前のバレエダンサーで、若いころは世界的に有名だったらしいんだ」

「室町麻里……。どっかで聞いたことあるかもしれん。美久、そんなすごいお母がいたば？」

美久はできるだけ包み隠さずに語った。

美久の母は結婚と出産をきっかけに、それまで最高位のプリンシパルを務めていたオランダのバレエ団を退団し、東京にバレエスタジオを開いた。そこでプロのバレエダンサーを目指す子どもたちに《おしえ》レッスンをしながら、国内でゲストダンサーとして華やかなステージに立った。よくメディアにも取り上げられていたが、常にどこか物足りなそうだった。

母は、美久を自分の後継者とするべく、幼少期から厳しいレッスンをしてきた。しかし、美久はその期待に応えられるダンサーにはなれなかった。母は一流のダンサーだけに、かなり早い時期にそれに気づいていただろう。美久は、容姿の面では母の遺伝子を受け継いでいたが、バレエの才能の面ではそれはなかった。

中1のときに、突然両親が離婚して父が家を出ていき、母子家庭になった。

倉吉リオナが現れたのは2年前のことだ。美久と同い年で、高いバレエの技術と強い野心、美貌を持ったリオナを母は自宅に住まわせ、熱心にレッスンするようになった。母のもとからは何人も海外に留学した生徒がいたが、リオナの才能は別格だった。いつも母の視線と言葉はリオナに向けられていた。3人で食事をしているときも、リビングにいるときも、スタジオにいるときも、美久の存在感は水中のクラゲのように薄く頼りなかった。リオナこそが母の本当の娘であり、自分はどこかからもらわれてきた子のようだった。

美久はすでに諦めていた。母はまだ自分にもレッスンを続けてくれていたけれど、もう見捨てられていると思っていた。

リオナが現れてから、母もまたいきいきとするようになった。リオナの若々しい刺激を受け、母のダンサーとしての魂に再び火がついたのだろう。そんな母に、かつて所属していたオランダのバレエ団から客演の誘いが来た。また、リオナもオランダのバレエ学校への留学が決まった。

母は自らのキャリアの最終章を飾り、そして、新たな「室町麻里」を欧州でデビューさせるため、美久を沖縄へ送り出すと、自らはリオナとともにオランダへ旅立っていった――。

「だから、私は沖縄に来たし、バレエのことは忘れたかったの。でも、初めての沖縄で海を見てたら、自然に手足が動き出しちゃって……。そこをユーイーに目撃されたってわけさー」

最後はわざとウチナーグチっぽく言ってみたが、ユーイーは笑わなかった。

「そんなでーじな思いしてきたのか。ワンは何も知らんで、いろいろごめんや」

「きっとみんな同じだよ。みんな、それぞれがでーじな思いを抱えてるんだよ」

イズーもそうだった。ユーイーも、琉も、ミッツも、良吾先生も、尚ニーニーも、きっと同じだ。それじゃあ、母や倉吉リオナも同じだろうか？　きっとそうなのだろう。けれど、まだ美久はそれを認めたくなかった。認めてやりたくなかった。

「お母がオランダにいるから、ミークは世界大会に出たいば？」

ユーイーが言うと、美久はライフルを左手で2回転させ、両手でパシッと受け止めた。

「最初は、そうだった。いまも、ちょっとはそうかも。でも……もうほとんど違うよ。私は仲間のために、ユーイーやみんなのために頑張りたい。もう自分を見捨てたくないし、逃げたくないの」

いまはまだミスばかりだが、この先にはきっと光があるとわかる。自分が輝ける場所があるという予感がする。映像で見た西原マーチングの動画、目の前で見た中学生たちのショー――いずれ自分もそうやってみんなと一緒にショーがつくれる。

「マーチングは、全員が必要だからよ」とユーイーが言った。「コンテは全員の位置や動きに意味があるようにつくられてるわけさー。だから、ミークの場所はミークにしかできん。ミークの代わりはいない。それがマーチングのいいところさー」

ユーイーの言葉に、美久は頷いた。自分にしかできないことがある。自分だけの場所がある。バンドの一部として必要とされている。それはなんて幸せなことだろう。

「ねぇ、私もユーイーに聞きたいことがあるんだ」と美久は言った。

「なんだば？」

「尚ニーニーは……ユーイーの本当のお兄ちゃんじゃない。でしょ？」

「ミークは変なとこで鋭いさー」

ユーイーは砂浜のほうに目を向けた。闇の中にふたつの影が小さく見える。ウンタマが跳ね回っているのがわかる。

「赤嶺家は、めっちゃ《しに》複雑でさ。うちのお母がニーニーのお父と結婚したとき、ニーニーは4歳だった。ニーニーの本当のお母は、ニーニーを保育園に預けたまま迎えにこんかったらしい。そんで、ニーニーのお父はうちのお母と再婚したやしが、今度はお父が消えた。消えたニーニーの両親はどっちも見た目はいいやしが、遊び人《アシバー》だったらしい。で、その後、うちのお母はワンのお父と再婚して、ワンが生まれた。付け加えると、タラーおじいはお母の祖父で、ワンの曽祖父やっさ」

つまり、尚ニーニーは赤嶺家の誰とも血がつながっていないということだ。

「ユーイーの……」と美久が言いかけたところで、ユーイーが遮った。

「ワンのお父は事故で死んだ。だから、ニーニーはお父を二度失ってるわけさー」

沈黙の砂浜にさざなみが寄せては返す。美久とユーイーを包み込むように小雨が降り続く。尚ニーニーは寒くないのだろうかと美久は思った。

「しに複雑やしが、おじいも、お母も、ニーニーも、みんなワンの大事な——何よりも大事な家族やっさ」

ユーイーはそう言ってから、美久をじっと見つめた。

「だから、ミークにお願いがある。頼むから……尚ニーニーをとらんでー」

13 グローブの匂い

5月15日には沖縄復帰50周年記念式典が行われた。

式典の前には明らかに島に人が増え、警備の警察官や車両を頻繁に見かけた。また、テレビでも盛んに特集番組が放送された。

式典の日は学校は休みだったが、体育館が使えるということでマーチングバンドは練習をすることになった。世界音楽コンクールまであと2カ月半。本格的なドリル練習を始め、全員のモチベーションを高めていくには絶好のタイミングだった。

体育館に集まった部員たちは、床に5メートルごとにポイントテープを貼り、まずは楽器や手具を持たずにコンテに沿って全体でショーの動きを確認した。指導には金城《きんじょう》ケント先輩ほか数名の卒業生があたってくれた。

良吾先生は体育館の隅であぐらをかき、下から睨むように部員たちを見つめていた。

美久にとっては初めての他パートとの練習だった。ユーイーや琉たちは胸を張ってやや上を見つめ、キビキビと動き回っていた。それにひきかえ、美久たちガードの初心者組はミッツやリンカーに指示を受けながら曖昧な動きを繰り返し、ときに進むポイントがわからず迷子になったり、ほかのメンバーにぶつかりそうになったりすることもあった。

「ぶつかって相手を怪我させたら、でーじなことなるからよ。一瞬でも気を抜いたらいけんさ」

リンカーに言われ、初心者組の背筋が伸びた。

全員でひと通りの動きを時間をかけて念入りに確認した。それが終わる頃合いを見て、良吾先生が立ち上がり、ケント先輩のところへ何やら話しにいった。何度か頷き合った後、良吾先生は部員たちに向かって言った。

「じゃあ、1曲目だけ音を出しながら動いてみれー」

ブラスとバッテリーは急いで楽器を用意した。カラーガードは1曲目は手具を使わないため、そのまま待機していた。

出だしの部分では、ブラスはわざとバラバラに並び、バッテリーはその横で一直線のラインを作るフォーメーションになっていた。マリンバやドラムセット、ティンパニといったピット楽器は最前列、指揮台のすぐ前に並べられた。

カラーガードはピット楽器とブラスの間あたりに一列になった。7人は指揮台に対して、すなわちメインの観客席に対して背を向けて立った。

（いよいよ合わせるんだ！）

美久の胸が高鳴った。

いままではパートごとの練習だった。先ほどの動きの練習で、全体のポジションやフォーメーションはざっくり頭に入った。しかし、音楽がつくとまったく世界が変わる。たとえ1曲だけだろうと、気持ちもまったく違う。

「姿勢、保って。演奏が始まる前、動いてなくても背中で演技するのを忘れんように」

ミッツがカラーガードのメンバーに言った。

良吾先生が指揮台に立った。真剣な表情で指揮を振りはじめながら「てぃー、たー、みー、ゆー」とカウントすると、ドラムセットが4ビートを奏ではじめ、ほかのピットのメンバーは手拍子を始めた。

ブラスが演奏を始める前からカラーガードは動き出す。ドラムセットのリズムに合わせて7人で歩き出しながら、ボディワーク――手具を使わないダンスを始める。決して難しくない振り付けなのだが、いつも練習しているピロティとは場所も違い、他パートが一緒の感覚にすぐ馴染めない。

美久はいきなり頭が真っ白になり、振り付けを間違えた。さらに、全員でクルッと振り返るとき、イズーとの距離が近すぎて、イズーの長くて硬い黒髪がバシンッと顔面を直撃した。

（痛っ！　あ、沖縄では「あがーっ」って言うんだっけ……）

そう考えたことで、美久の気持ちは少し落ち着いた。

ブラスのうちの10人ほどが《ロリポップ》の明るいメロディを吹きはじめる。ガードはリンカーだけがほかの6人から離れてソロで踊る。「最初はいちばん気が強いリンカーにソロを決めてもらおうねー」とハルコーさんが選んだのだった。

リンカーがソロの間、美久たちはソロを引き立てるようなシンプルなダンスを6人合わせて踊った。美久は徐々に調子をつかんできた。と同時に、ほかのメンバーの様子も少し感じ取れるようになった。

バレエでも群舞《コール・ド・バレエ》で一緒に踊ることはあるけれど、カラーガードのボディワークはもっと自由で、それぞれが自分の個性を出しながら踊ることができる。ミッツやリンカーの笑顔が見えた。美久も口角を引き上げ、リズムに乗った。

冒頭部分が終わると、ブラス・バッテリー・ピットの全員が演奏に加わった。一気に体育館に音が満ち溢れた。凄まじい音の奔流に、美久の肌はビリビリと震えた。音のもたらす震動が気持ちいいという感覚を味わったのは初めてだった。

だが、体育館の中だと演奏は必要以上に響いてしまい、ワンワンという唸りに変わった。美久は曲の流れをつかめなくなり、動きが止まりかけた。

「ミーク、指揮を見て！」

美久の二の腕をつかんだミッツが耳元で叫んだ。

「はい！」

美久は良吾先生の指揮に目を向け、音の唸りに惑わされないように踊った。

やがて、最初の見せ場、ファーストプッシュの部分に差し掛かった。冒頭のフォーメーションではバラバラに立っていたブラスが演奏しながらひし形に集まり、フォルテッシモで《ロリポップ》のメロディを奏でつつひし形をぐるっと回転させる。カラーガードはフロア上で斜めのラインを作ってボディワークを披露する。

「ラインが揃ってないよ！」

「ちゃんとポイントを確認しれ！」

ミッツとリンカーから指示が飛んだ。美久が足下を見ると、さっきコンテに沿って練習したはずの場所から50センチ以上ずれていた。一直線のはずのガードのラインは、初心者組がずれているせいでギザギザになっていた。

足下を気にすると、上半身の振り付けがわからなくなる。音の唸りに惑わされそうになる。必死に体を動かしながら、頭もフル回転させた。

最後の1音でブラス全員が体を左に傾けるのに合わせて、膝立ちになったガードも首を左に傾ける。そこだけはぴったり揃った。

《ロリポップ》が終わり、先生は指揮を止めた。

「いまの段階でワンから言うことは何もない。それぞれパートで話し合えー」

良吾先生はそう言うと、体育館を出ていってしまった。緊張から解放され、部員たちのほぅっという吐息が響いた。

カラーガードの7人は丸くなって腰を下ろした。みんなうっすら汗ばみ、少し呼吸が荒くなっていた。

「初心者の3人、初めて合わせてみてどうだった?」とミッツが尋ねた。

「楽しかったです！」

即座に答えたのは美久だった。そんなふうに言葉が出ることに自分でも驚いていた。イズーも汗だくの顔をタオルで拭いながら「イズーも楽しかったです！」と言い、チエーは笑顔で頷いた。

「3人とも、全然まともにできとらんば」とリンカーが呆れた表情になった。

マキマキとサクラーの2年生コンビは「ミスは多かったけど、私も楽しかった」「うちもー、うちもー」と言った。

ミッツはみんなの顔を見回し、こう言った。

「まぁ、まだまだだよね。これから先の道のりは長いし、ほかのパートと合わせていくのも大変だと思う。しんどいけど、それを乗り越えれば乗り越えるほど、いま感じてる楽しさが何倍にもなるはずさー。だから、頑張っていこう！」

「はぁい！」と美久たちは返事をした。

ようやく自分はマーチングという世界の戸口に立ったんだ――美久にはそう思えた。

練習が終わると、ブラス・バッテリー・ピットはそれぞれ楽器を音楽室に運び上げなければならない。モップ掛けなど体育館の掃除と片づけはカラーガードの役目だった。1、2年生が手具を音楽室へ持っていき、ミッツはパートリーダーの集まりに、リンカーはトイレに行ってしまい、美久は体育館でひとりになった。

しんとした広い空間を前にし、美久は無意識に左右の足先を180度開き、右足を後ろに引いてバレエの予備動作《プレパレーション》の姿勢をとった。左脚を軸にし、右の足を左の膝あたりまで持ち上げながら、ゆっくりターンをした。ピルエットと呼ばれるターンだ。裸足だから床との摩擦が大きくてトゥシューズやバレエシューズを履いているときのようにはいかないし、バレエの踊りをするのは久しぶりだったが、意外にスムーズに回ることができた。

もう一度、感覚を確かめるようにピルエットで2回転。悪くない。今度は慎重にプレパレーションする。ピルエットで2回転し、続けてフェッテを始めた。ターンしながら右脚を前へ上げ、そのまま大きく右へ開いてから左膝あたりへグッと引き戻す。この動きが「鞭を打つ《フェッテ》」という名称の元になっている。

1回転、2回転、3回転……美久はターンを続けた。テンポはバラバラだし、軸足の位置も徐々にずれていった。でも、美久はターンをやめなかった。楽しかったのだ。バレエを楽しいと思ったのはいつ以来だろう？　思い出せない。

沖縄の海を見たときにも、自然とフェッテをしてしまった。

(もしかしたら私、本当はバレエが、踊ることが好きなのかな)

8回転、9回転、10回転……美久は夢中でターンをした。

たまたま学校に立ち寄ったハルコーさんとトイレから出てきたリンカーが見ていることにも気づかず、美久は笑みを浮かべて回り続けた。

5月が過ぎ、6月がやってきた。

沖縄の気温と湿度が増していくにつれて、西原高校マーチングバンドの練習も熱を帯びていった。テレビやネットではウクライナの紛争のニュースが続き、梅雨の雨雲の上を米軍の戦闘機やオスプレイが何度も通過していった。

毎日がめまぐるしかった。

部活が終わった後、美久はユーイーとの自主練を続けていた。週に何度かは比呂士とともに赤嶺家で夕食をご馳走になることもあった。たっぷり練習した後の沖縄料理はどれも痺れるほど美味しく、美久はゴーヤーチャンプルーを頬張り、グルクンの唐揚げに頭から齧りつき、さんぴん茶で胃に流し込んだ。縁側の先にある暖かな闇の底ではウンタマがまどろんでいた。タラーおじいの三線と歌が、夢のように耳に響いた。

家に帰ってベッドに横になると、美久は数秒後には眠りに落ちた。

美久たち初心者組はセイバーの練習もするようになっていた。フラッグやライフルが満足に扱えるようになったわけではなかったが、世界音楽コンクールまでの猶予がなかった。

セイバーは持ち手と細い剣の部分で構成される模造サーベルで、ライフルと同じように手で回したり、投げ上げたりして扱う。ただ、ボディが細くて重心の位置も中心からずれているため、ライフルとは違う感覚が必要になる。回転させてから剣の部分を手のひらで受け止めると、その細さゆえに鋭い痛みがくる。また、キャッチミスして地面に落下《ドロップ》すると変形してしまうし、大きく跳ね返る危険もあった。

美久たちは数え切れないほどフラッグを回し、ライフルを投げ上げ、セイバーをキャッチした。そして、数え切れないほどドロップした。常に手にはグローブをはめていたが、手のひらはボロボロになった。また、足の裏にはマメができ、皮が剥がれ、テーピングをしてもその下の組織までが剥がれた。

美久は不思議とセイバーが好きだった。フラッグはトスとキャッチもだいぶできるようになる一方で、ライフルはドロップが多かった。それに比べると、セイバーのほうがキャッチの成功率が高かった。イズーとチエーはライフルのほうが上手にできていたから、人によって向き不向きがあるのだろう。

「ミーク、ちょっとグローブの匂い、嗅いでみ？」

ある日の休憩時間、リンカーが言った。

美久が自分のグローブを外して鼻先に持っていくと、思わず「うわっ！」と声が漏れた。自分の所持品とは思えない臭さだった。

「そういうときは、なんてこった《あきさみよー》、って言うわけさー」とリンカーが笑った。

「あきさみよー！　でーじ、臭い……で合ってる？」

美久は自分なりにウチナーグチで言ってみた。

「やり直し！　あきさみよー、嫌な匂い《ヤナカジャー》さー」

「あきさみよー、ヤナカジャーさー！」

美久が言うと、リンカーは腰に手を当てて満足そうに頷いた。

「よくできました。まぁ、最近の若いもんは、あんまりウチナーグチを使わんし、ワンが使ってるのも本当のウチナーグチじゃないけどね」

「なんでリンカーやユーイーはウチナーグチを使ってるの？」

「ワンはただ育ちが悪いだけ。ユーイーはなんかわざと使ってるんじゃないかと思う」

「わざと……」

そういえば、ユーイーと尚ニーニーの言葉遣いはよく似ている。家族だから当然といえば当然なのだが。

「ともかく、そのグローブのヤナカジャーは、ミークが頑張って練習してきた証だわけよ。臭ければ臭いほど、誇っていいわけさー」

「そう考えたら、この匂いも……」

少しはいい匂いに感じられるかと思い、美久はもう一度グローブを鼻先に持っていったが、反射的に咳き込んだ。

「あきさみよー！」


沖縄はいつも海風《うみかじ》が吹いている。だが、その日はいつもより強烈な風だった。畑ではウージが怒りに駆られた群衆のように大きくしなっていた。風は上空を覆っていた雲を吹き飛ばしていき、無防備な生肌のような青空をむき出しにさせた。

それが、沖縄に夏をもたらす夏至南風《カーチベー》だった。東京よりも約1カ月早い、6月下旬の梅雨明けだ。

「うわぁ、夏だ！」

朝練が終わったとき、美久は目を細めて空を見上げた。東の空に昇った太陽から、刺すような光が降り注いでくる。

「ねぇ、日焼け止め持ってたら貸してもらえない？」

美久がミッツに聞くと、ミッツは嬉しそうに持ち物の中から日焼け止めを出してくれた。

「ふふふ、沖縄の夏をナメたらいかんさー。うり、SPFとPAがバリバリのやつ」

「ありがとう！」

「ミッツは自称・西原マーチングの美白番長やさ」

リンカーが笑うと、「誰が自称よ？　我こそは西原マーチング公式の美白番長、ミッツ様さー」とミッツが歌うように言った。

「リンカーは？」

「ワンはノーガード。自然のまま太陽《ティーダ》の光を浴びて生きるのが好きなわけよー」

文字どおり小麦色の肌をしたリンカーは降り注ぐ陽光を抱きしめるように両手を広げた。それはそれで素敵なあり方だと美久は思った。

「ミークはお肌が白くてきれいだから、気をつけてケアしたほうがいいよー」とミッツが言った。

「うん、これと同じの、すぐ買うね」

白いエッセンスを塗り込みながら、すでに腕がうっすら赤らんでいることに気づいた。そして、腕の筋肉が以前よりも硬く、太くなっていることにも。


梅雨明けの日からは夜間練習が行われることになった。通常の部活動の時間だと、体育館は運動部が使うことになっていて、マーチングバンドが使える日はわずかしかない。グラウンドも同様だし、夏の日差しの下で長時間練習するのは、体にも楽器にもダメージとなる。そこで、本番が近づいてくる時期には、運動部が練習を終えた19時以降に体育館を使って1時間ほど全体で練習する。西原マーチングではそれを「夜間練習」と呼んでいる。

世界音楽コンクールまで約1カ月。一気に追い込んでいくタイミングだ。

だが、まさにその日の放課後、部が揺れた。

練習を開始する前の全体ミーティングで部長のユーイーが連絡事項を告げ、「じゃあ、パートごとに分かれて練習！」と言ったときだった。

「ちょっと待ってくれん？」

トランペットの首席奏者《トップ》であるマサが手を挙げて前に進み出てきた。

「もうこのタイミングに言わんといかんから……。みんな、本当にごめん。俺、部活をやめることにした」

部員たちは青天の霹靂で「えーっ！」と声を上げた。

ユーイーは「あきさみよー！」と叫び、美久も手で口を押さえた。マサはトランペットパートだけでなく、ブラスの中でもリーダーのひとりだった。

大騒ぎになりかけたとき、音楽室の隅にいた良吾先生が三線を鳴らし、みんなを静かにさせた。そして、話の続きをうながすように、マサに向かって顎をしゃくった。

「聞いてほしい。いや、本当はこんなこと話したくないんだけど……」

マサは視線を下に落とした。

「うち、親が別れたんだ。これからは母親と二人暮らしになるんだけど、うちの母親、体が弱いわけさー。いままで俺がマーチングバンドで活動するのも、親父がろくでなしだった分、母親が仕事して、送り迎えもしてくれて、かなり負担をかけてたと思う。今年は高校生活最後の年だし、みんなと一緒に世界大会に出たかった。全国大会も出たかった。でも、俺はこれ以上母親に負担をかけたくない。親孝行もしたいわけさー。だから、国公立大学を受験することにしたんだ。学費は奨学金や特待生制度、バイトでどうにかしようと思ってる。いまから死ぬ気で勉強する。部活は続けられない。一緒にオランダ行かれなくて、ごめんや」

　マサは頭を下げた。

「でも《やしが》、《ザ・ワールド・イズ・ワン》のフリューゲルホルンのソロはマサが吹いてたば？」

　ユーイーが深刻な表情で言った。

「ソロはスズカーに吹いてもらいたい」

　マサがその言葉を言い終わらないうちに、「そんなの無理さー！」と声が響いた。与那嶺涼香《よなみねすずか》、スズカーの声だった。

「ウチ、マサみたいなソロは吹けんさー。わかってるでしょ？　なんで無責任にウチにソロ吹けなんて言えるわけ？　世界大会でマサの代わりにソロ吹くなんて……ウチには絶対無理よ」

　スズカーの大柄な背中が震えていた。

「スズカーしかいないだろ？　お前なら、西原マーチングにふさわしいソロが吹ける」

　マサが言うと、ユーイーがつぶやいた。

「スズカーが言いたいのは、そういうことじゃないやっし……」

「一緒にオランダ行くって……一緒に全国大会も行くって言ってたば……」

　スズカーの言葉からマサへの思いが伝わってきて、美久も胸が痛んだ。

「マジでごめん。ごめんなさい《わっさいびーん》」とマサはウチナーグチを使った。「俺だって行きたかったよ。今日から夜間練習も始まって、みんなは世界一の努力をするさ？　きっとみんなならワールドチャンピオンがとれると思う。スズカーは俺以上のソロが吹けると信じてる。俺も世界一の勉強をして、絶対大学に受かってみせる。オランダでマーチングするみんなを、この沖縄から応援してる。お互い、頑張ろうよ。な?」

　マサは笑顔を見せた。

　すると、ひとりの部員が前に進み出てきた。琉だった。

「リュウ……。すまんが、後はお前に頼んださー」とマサは顔をこわばらせながら言った。

　琉は無言のままマサにゆっくり近づいていくと、たくましい両腕の中にマサを包み込んだ。少しの間、時が止まったようにふたりは動かなかった。やがて、琉の腕の中からくぐもった嗚咽が聞こえはじめた。小さな男の子が泣きじゃくっているみたいだった。琉はマサの顔と声を隠そうとするかのように、さらに懐の奥へとマサを抱きしめた。

　美久は琉の横顔から目が離せなかった。彫像のように彫りの深い顔は、感情に揺れることなく、堅固な意志を帯びて見えた。

(なんて強くて、優しい人なんだろう)

　美久は思った。マサが胸の内に秘めていた思いに誰よりも敏感に気づき、誰よりも共感を寄せたのが琉だった。両親の離婚という同じ境遇を持つ美久にはマサの気持ちがわかる気がしたが、琉のようにマサの心の奥まで感じ取ることも、琉のように行動することもできなかった。

　だとしたら、母校の中学校へ連れていってくれたときも、琉は美久の心の奥の何かを感じ取っていたのだろう。

(すごい人なんだ……)

　琉の横顔を見つめたまま、美久はため息をついた。

　しばらく経ってマサが落ち着くと、良吾先生が部員たちのほうへ近寄ってきた。

「マサとは少し前から話し合ってたが、ヤッターに打ち明けるには今日がいいだろうとワンからも言ったわけさ。マサを応援してやろう。それでいいば？」

「はぁい！」と部員たちは返事をした。

マサは琉に肩を抱かれたまま、頭を下げた。

「マサ以外にも、ワンのところには世界大会の参加のことで相談にくるのがおるさー。オランダの大会に出るには相当経済的な負担がかかるはずよ。ワンはいまいる66人は全員ケルクラーデに連れていきたい。そこで――」

良吾先生はもったいつけるように三線をかき鳴らした。

「7月中旬、資金造成チャリティコンサートを開催するぞー！」

音楽室は騒然となった。

「どういうことですか⁉」とベニーがみんなの気持ちを代弁して質問した。

「どういうも何も、コンサートを開いて募金してもらうってことよ。せっかくのショーをオランダの観客にしか見せないなんてもったいないだろ？　ウチナーンチュにも見てもらいたいだろ？　出発前に本番のシミュレーションもできるだろ？」

良吾先生は7月中旬の3連休にすでに那覇・具志川・西原の体育館を押さえていた。しかも、西原町の体育館では昼夜の2公演だ。入場料は千円。世界大会に出場する西原マーチングの遠征費用とすることを前面に打ち出す。渡航費用や滞在費、楽器運搬費など重くのしかかる負担を少しでも減らしながら、西原マーチングを広く知ってもらい、沖縄全体で応援してもらうための施策だ。

さらに、チャリティコンサートの会場に来られない人たち、西原マーチングの挑戦に賛同してくれる日本中、いや、世界中の人たちに向けて、ネット上でクラウドファンディングも展開する。新聞社やテレビ局にも取材してもらえるよう連絡済みだという。

あまりの用意周到ぶりに、部員たちはみなあっけに取られた。

「いいか、チャリティコンサートまでには最低でも世界大会用のショーを完成させる。やしが、コンサートと銘打ってるからにはそれだけだと演目が足りん。かといって、世界大会以外余計な練習時間もかけたくない。そこでだ。ワンは見とらんが、前回の定期演奏会で各パートのアンサンブル、パーカッションショー、カラーガードショーをやったんだろ？」

部員たちは頷いた。

「じゃあ、それを資金造成コンサートでもやってくれ。去年の3年生が抜けて穴があると思うが、どうにか埋めれ。あと、あれな。ワンが初めて聴かされて、ゲロ吐きそうになった――」

「《気まぐれロマンティック》ですね」と琉が言った。

「やっさー。リベンジしてみせれ」

「それでもプログラムが少ないかもしれません」とベニーが心配そうな顔をして言った。

「まぁ、ちょっとな、ワンに秘策があるさー」

先生はニヤリと笑いながら、指で口ひげをゴシゴシ撫でた。

その日から部員たちの真剣さは段違いに上がった。

当初は世界音楽コンクールが開催される7月末までにどうにか間に合わせようという考えがあった。しかし、それが2週間早まった。予定している約10分間のショー以外にもやらなければいけないことが増えた。たくさんの観客に来てもらって少しでも資金を調達したいが、大勢の人の前で醜態を晒すことはできない。

部員たちは目の色を変えて練習に取り組みはじめた。

カラーガードは資金造成コンサートで、音源をバックに演技を披露するカラーガードショーをやることになった。ただし、美久たち初心者は参加を免除され、とにかく世界大会の演技を身につけるように全力で練習を続けることになった。

夏本番を迎えた沖縄は強烈な暑さが続く。その中で部員たちは朝練に参加し、昼休みも自主的に練習し、放課後はさらに熱量を高めて練習。午後6時前後に通常の部活の時間が終わると、休憩と栄養補給を兼ねた軽食の時間となり、運動部の練習終了を待って午後7時前後から夜間練習を始める。個人練習、パート練習と積み重ねてきた1日の集大成として、体育館で全体練習を行うのだ。

夜間練習が終わり、片づけを済ませると21時を過ぎる。空には星が瞬き、夜風は湿気を帯びて肌に絡みついてくる。

(これが沖縄の夏か)と美久は思った。

帰りの時間が遅くなっても、相変わらず尚ニーニーがワーゲンバスで迎えにきてくれた。まだユーイーに聞いていないが、おそらくニーニーは働いていないのだろうと美久は思った。

6月も後半のある日、帰りの車の中でユーイーが言った。

「ビーチの自主練がなくなって、ニーニー、寂しいだろ?」

「いーや。ワンも今日から青年会に行きはじめたからよ」

尚ニーニーは窓からタバコの煙を吐き出しながら答えた。

「はっさ、青年会⁉　ニーニー、今年はエイサーやるば⁉」

「まだ道ジュネーができるかどうかも決まっとらんけどな。練習には行くよ。最近は青年会に入りたがらんやつが増えてから、ワンが入ってもまだ人手不足さー」

「まさかやー！　やっとエイサーも復活かぁ！」とユーイーは手を叩いて喜んだ。

車が赤信号に引っかかった。尚ニーニーは顔半分だけ振り返り、言った。

「エイサーの練習、ユーイーと一緒に見にきたらいいさー。沖縄のエイサー、生で見たことないだろ？」

美久は最初、その言葉が自分に向けられていることに気づかなかった。ハッとした瞬間には、もう車内は気まずい雰囲気になっていた。さっきまではしゃいでいたユーイーも静かになっている。

「エイサーには興味はあるんですけど、世界音楽コンクールまで毎日夜間練習だし、私みたいな初心者はわずかな時間でも練習にあてないといけないんじゃないかと……。だよね？」

美久はうろたえながら、隣に座る琉に同意を求めた。

「本当にまずいぞ。資金造成コンサートまで3週間ちょっとしかないのに、お前、今日の練習で何度かブラスとぶつかりかけてただろ？」

「あ……ごめんなさい」

「あれはありえん。早急に修正しれ」

「はい……」

琉から予想外のダメ出しを受け、美久は困惑した。

「ブラスやバッテリーは死角が多いんだ。俺たちチューバは楽器に遮られて自分の左側はほとんど見えない。ユーフォはベルがデカいから、前が見えない。メロフォンだって、バスドラだって、死角がある。でも、俺たちは練習で叩き込んだ動きを信じて、仲間たちを信じて、見えない恐怖と戦いながら動いてるわけさ。ミークたちガードは自由に動けるパートなんだから、ブラスやバッテリーとぶつかるなんて、あってはいけん」

琉の批判は痛烈だった。

「本当にごめんなさい。もう二度とないように、明日から必死に練習する。琉やユーイーやみんなから信じてもらえるガードになれるように、チバリます」

美久の言葉に、琉は「おう」と低く答えた。

車内に沈黙が流れたが、尚ニーニーが美久を誘ったことも有耶無耶になっていた。

(もしかして、リュウは私を助けてくれたのかな)と美久は思った。

だが、琉が助けたのは美久だったのだろうか。それとも……？

14　赤嶺家

早朝、美久はスマートフォンでユーイーにメッセージを送った。

『お父さんの体調が悪いから、申し訳ないけど今日は朝練は休むね。授業が始まるまでには登校するつもりだし、放課後の練習は出るつもりです』

一方、いつもどおり夜を明かし、眠そうな顔の比呂士にはこう言った。

「疲れがたまってしんどくなってきたから、今日は朝練をお休みするね。お父さんも体調悪そうな顔してるよ。大丈夫？　もう休んだら？」

その会話はアリバイ作りのようなものだった。比呂士が体調不良だと美久が思い込んでいた、というアリバイの。

比呂士は特に疑いもせず、美久と一緒に軽い朝食をとってベッドに入った。

美久は、ユーイーたちが朝練に行く時間が過ぎた後で、家を出た。

東のほうから朝日が昇りはじめたばかりだったけれど、早くも海風は熱を帯び、ウージの葉先は陽光に灼かれていた。波音がかすかに聞こえてくる。ウージや芭蕉が風に鳴る。それでも、沖縄の朝はなんて静かなんだろうと美久は思った。

白く光る道を、美久は右肩にバッグ、左肩にケースに入れたマイライフルを掛けて歩いていった。

「はっさ！　ミークやっしー！」

驚きながらも、レミは美久を迎えてくれた。

「ヒロシーさん、具合悪いんだって？　病院は？」

「大丈夫です。寝不足がたたったみたいで、いまぐっすり眠ってます」

「あら、そう。さんぴん茶入れてくるから、ちょっと上がって待っててー」

レミは台所へ入っていった。

美久は家には上がらず、庭のウンタマのところへ行った。最初は飛びついてきたが、頭を撫でてやると地面に伏せ、気持ちよさそうに目を細めていた。

三線の音がして振り返ると、いつの間にかタラーおじいが縁側に座っていた。

「明日は慰霊の日さー。ミークよ、南へ行ってはいかんよ。この時期、兵隊や鉄血勤皇隊や女学生がたくさん南《ばんない》に向かって歩いてるわけ。南に集まってる《あちまとーん》わけさー」

慰霊の日、沖縄本島南部の平和祈念公園で追悼式が行われることは、美久も学校の平和教育で知っていた。南部は沖縄戦のときに多くの兵隊や住民が逃れていき、命を落とした場所だ。そこへ77年前と同じように、多くの人影が向かおうとしている、命を持たない人影が――。

美久はおじいが言っている意味がわかると蒼ざめ、ウンタマの背中の毛を握った。ウンタマの温かさに美久は少し救われた気持ちになった。

「おじい、ミークを怖がらせたらダメさー」

レミがグラスに入ったさんぴん茶を持ってきた。美久はホッとして立ち上がり、縁側に腰を下ろした。ウンタマが寂しそうに鼻を鳴らした。

「ごめんね、ミーク。おじいは戦争のとき、南のほうへ逃げてひどい目に遭ってから。両親も兄弟も亡くして、地獄を見たわけさ。慰霊の日が近づくと、いろいろ見たくもないもんが見えるのも、仕方ないわけよ」

そう言いながらレミも美久の隣に座った。

「すみません、朝から突然お邪魔して」

「気にせんで。ミークなら大歓迎だから、いつでも来たいときに来なさいよー。ワンは仕事でいないこともあるけど、おじいはだいたいいつもいるはずさー」

美久がさんぴん茶をひと口含むと、顔を覗き込むようにしながらレミは言った。

「ユーイーと尚ニーニーのことでしょ？」

「なんでわかるんですか⁉」と美久は目を丸くした。

「初めてミークがこの家に来たときから、予感はしていたさー。うちの厄介《やっけー》な家族構成はユーイーから聞いてるでしょ？」

美久は黙って頷いた。

「なかなかね、苦しいことが多い家よ。おじいは戦争でひとりになって、女子学徒隊の生き残りの養子になって育てられたさー。結婚して子どももできたけど、病気だ事故だでみんな死んで、残ったのは孫のワンだけ。そのワンも、最初に結婚した男――尚ニーニーの父親には逃げられるし、ユーイーの父親のカズヤーには火事で死なれるし」

「火事……ですか」

「琉球ガラスの職人だったさー。そりゃもう腕が良くてよ。美術館で個展も開いたし、一点もののグラスも高い値段で売れてね。ユーイーはもちろん、血のつながらんニーニーのことも自分の息子のようにかわいがってくれた。イイ男だったから女のファンも多くてさー。カズヤーはガラスを焼き、ワンはヤキモチを焼いてたわけよ」

レミの冗談に美久はふっと笑った。

「ユーイーが中1のとき、工房が火事になったさ。マーチングの練習から帰ってきたユーイーが火の上がる工房を見てしまって。飛び込もうとするのを、伊部のリュウが止めてくれたわけ。まぁ、その後は口では言えんほど大変だったけど、ユーイーがあんなにマーチングに熱中するようになったのは、それがきっかけさー。お父が焼かれるその光景を忘れたかったのかもしれんね。あ、そのグラスも、カズヤーが作ったやつよ」

美久は手の中のグラスを改めて見た。グラデーションがかかった美しい透明なガラスで、底へいくにしたがって深いブルーに変わっている。均一ではない波打つような形状で、まるで沖縄の海をそのまま切り取ってきたかのようだった。

「尚ニーニーもかわいそうな子でさー。カズヤーにも懐いとったから、ショックも大きかったはずよ。実の両親はどっちも遊び人《アシバー》で、母親に捨てられ、父親に捨てられ。自分をかわいがってくれた義理の父親まで火事で亡くして。ワンやおじい、ユーイーも結局は血のつながらない他人。ニーニーの拠りどころは、この沖縄、琉球しかなくなったわけさー。琉球に執着して民謡を歌い、わざとウチナーグチを使い……。ミーク、それはでーじ悲しいことだわけ」

美久は、自分の手の中にあるグラスが、悲しみを固めて作られたもののように思えてきた。

「そんなことがあったから、ユーイーもわざときついウチナーグチを使うようになったんですね。ニーニーのことが……好きだから」

美久は言いづらいことを思い切って口にした。

「子どものころは本当のお兄ちゃんとして好きだったはずよ。でも、カズヤーが死んで何かが変わった。ユーイーが中3のときにニーニーがプロの民謡アーティストを目指すって東京へ行ってしまい、また帰ってくるまでの2年間で、ユーイーは明らかにニーニーを男として見るようになったさー。でも、ミーク、ヤーが現れた――」

タラーおじいが三線を爪弾き、嗄れ声で歌いはじめた。

月《つき》ぬ美《かい》しゃ　十日三日《とぅかみっか》　みやらび美しゃ　十七《とおなな》つ　ほーい ちょうが――

レミはその歌声に耳を澄ますように、そっと目を閉じた。

「私、沖縄に来ないほうがよかったんでしょうか……」

「ヤーはどう思ってる？」

「よくわかりません。いろいろなことが急に変わって。いま私ができるのは必死にマーチングすることくらいです。でも、ユーイーは私のことを親友《いーどぅし》と呼んでくれました。部活には、私を仲間と呼んでくれる子たちもいます。東京にいるときの私はバレエにすがりつくことだけに精いっぱいで、友だちもいませんでした。だから……」

「みんな、何かにすがって生きてるさーね」とレミは微笑んだ。「ワンはよ、ヤッターがどうなっても、誰が誰を選んでも、生きていてくれればそれで充分なわけ。誰を恨みもしない。生きていれば、どうにかなる。なんくるないさー」

すると、タラーおじいが誰に言うともなくつぶやいた。

「哀《あわ》れどぅ素性《すじょう》。つらいこと、苦しいことで人は成長する。成長した素性がヤッターを救ってくれる」

美久はレミとおじいに礼を言って立ち上がると、ウンタマの頭を撫でた。

「ミーク、ヒロシーさんに優しくしてあげれ。あの人も琉球ガラスみたいな人さー」

レミが立ち去ろうとする美久に声をかけてきた。美久は振り返って頭を下げ、赤嶺家を後にした。

1限目の授業にも間に合いそうになかったが、美久は国道に向けて歩きはじめた。バスを乗り継げば、学校まで行ける。

まばゆい夏の日差しの中で、ウージの葉先が乱反射する。海風にざわめく畑の中を誰かが歩いている気がする。ひとりではない。ふたり、いや、もっと。南へ行くのだろうか。南はどっちだろう。美久はふと自分の肩にあるライフルを思い出した。こんなものを持っていたら、仲間だと思われて引っ張られるかもしれない。

と、そこへ聞き覚えのあるエンジン音が響いてきた。

「これから学校か？　乗ってけ」

美久は初めてワーゲンバスの助手席に乗り込んだ。年季の入ったエンジンが震えながら回転数を上げた。

「ヒロシーさんの具合はどうかー？」

道の左右に目を配りながら尚ニーニーが言った。

「あれは嘘《ゆくし》です」

美久が言うと、ニーニーはチラッと美久のほうへ視線を向けた。

「朝練、サボったか」

「はい、サボりました」

「じゃあ、サボりついでにドライブでもするかー」

ニーニーは美久の返事を待たずに大きくハンドルを切り、学校とは違う方向へ車を向けた。

夏の沖縄の道をワーゲンバスが走り抜けていく。東京と同じアスファルトの道だが、やはり美久には白く見える。太陽《ティーダ》のせいかもしれない。

「どっちに向かってるんですか？」

「糸満のほう」

「方角は」

「ふぇー。南さー」

「南に行ってはいけない、っておじいに言われました」

ニーニーはまたチラッと美久を見てから、タバコに火をつけた。

「朝練サボって、うちに行ったのか」

美久は答えず、車窓を流れていく景色を眺めた。赤瓦、亀甲墓、ガジュマルの木。何度か頭上を米軍の戦闘機やヘリコプターが通過していった。

アップダウンの多い沖縄の道を、ワーゲンバスは時折もたつきながら進んだ。首里、那覇、那覇空港、豊見城《とみぐすく》と走り、糸満に入った。しばらくすると徐々に車窓から建物が減っていき、ウージの畑が目立つようになった。道は狭くなり、センターラインも消え、最後はウージの海の中を進むような風景が続いた。

ニーニーは車数台が停められる場所にワーゲンバスを停めた。ほかに人影も車も見えなかった。

車を降りた美久は濃厚な潮の香りに包まれた。海が近いのだろう。石の柱が立っていて、「具志《ぐし》川《かわ》城跡」と彫られていた。

「城《ぐすく》やっさ」

尚ニーニーはそう言うと、三線を片手に亜熱帯の木立の間を歩いていった。美久も、家の住所が「中城村《なかぐすくそん》」だから、「グスク」が城という意味だということはわかった。片側の藪の中に「ハブに注《あまくま》意」と赤字で書かれた看板があった。思わずニーニーのそばに寄って歩くと、「ハブはあちこちいるから気をつけれー」とニーニーは笑った。

　風と波音が強まったと思うと、目の前が大きく開け、雄大な石垣が現れた。美久が知っている本土の城の石垣とは違い、ゴツゴツしたふぞろいの石が弧を描きながら積み上げられている。初めて目にする琉球の城だった。

　もう少し進むと、草木に覆われた地面が崖となって途切れ、その先に海が開けた。崖の高さは数十メートルはありそうだった。崖下の浅瀬には角の尖った巨大な岩の塊がゴロゴロと転がっている。中城の海岸ともまた違う景色で、美久は目の前の海に恐ろしさを覚えた。

　強い風に髪が乱れた。

「おじいに聞いた話さー。戦争でアメリカーに攻められたウチナーンチュは南へ南へ逃げた。ここまで来たら、先はない。海からはアメリカーの軍艦が砲弾を降らせる。降伏すれば、後ろから日本兵に撃たれる。まわりには死体が転がってる。このあたりの崖からもたくさん飛び降りた。どっちを向いても地獄、また地獄やっさ」

　尚ニーニーはそう言い終えると、三線をチンダミしはじめた。

「どうして私をここへ？」

「ヤーには見といてほしかった。これが沖縄さー」

　どうしてもっとロマンティックな場所ではないのだろう、と美久は思った。どうして出身校とか、よく立ち寄った喫茶店とか、お気に入りの本屋ではなく、この場所なのだろう。

　ニーニーの拠りどころは、この沖縄、琉球しかなくなったわけさー――。

　レミの言葉が思い出された。

と、ニーニーは三線を弾きながら歌いはじめた。

サァ　君は野中のいばらの花か　暮れて帰れば　ヤレホンニ　引き止める
マタハーリヌ　ツィンダラカヌシャマヨ

途中で「サァ　ユイユイ」とヘーシを入れる気にはなれなかった。まるでユーイーを裏切っているみたいな気持ちになる。

ニーニーの弾く三線は切なく、その歌声は風音、波音の中でつややかに響いた。

南へやってきた、姿の見えない人たちも周囲の藪の中で一緒にニーニーの歌を聞いているような気がした。

尚ニーニーが歌い終えると、美久は小さく拍手をした。

「東京に行ったって聞いたんですけど、プロにはならなかったんですか？」

美久が言うと、ニーニーは苦笑した。

「それもレミさんが話したば？　東京は行ったよ。やしが、レコード会社にはまったく相手にされんかった。ワンは民謡しかやる気がなかったからよー。ダンスしながらラップしれ、って言われたさー。仕方ない、ライブハウスで地道にチバろうかと思ったら、コロナでライブはできんくなるし、路上で歌ってても難癖つけられる。2年間、建設のバイトしてただけさー」

「そんなに歌も三線もうまいのに……」

「いや、ミーク、違う。東京のせいでも、レコード会社のせいでも、コロナのせいでもない。ワンにはプロとしてやっていくだけの才能がなかっただけさー」

奇しくも美久と尚ニーニーは、いずれも東京で自分を諦め、見捨て、沖縄へ来たのだ。美久は西原マーチングで仲間に恵まれ、自分を取り戻せそうになっている。ニーニーにも、自分を見捨てたままでいてほしくなかった。

その思いが言葉になった。

「私はニーニーの歌、大好きです」

美久はそう口にしてからハッとした。言葉の選び方がよくなかった。

慌てて別の言葉を付け加えた。

「ふたりでこんなとこに来てるなんて、ユーイーが知ったら悲しむだろうな……」

違う。そんなことを言いたかったわけではない。そもそも、ニーニーはユーイーの思いを知っているのだろうか？　こんな言葉を口にするなんて、どう考えても逆効果だ。

何か打ち消すことを言おうとしたが、思い浮かばない。狼狽する美久に、尚ニーニーが近づいてきた。

海風がビュウと耳元で鳴る。

「ミーク、ヤーは本当にちゅらかーぎーさ。野中のいばらの花やっさ」

ニーニーは低い声で言うと、三線を持っていない右の手で美久の肩を抱いた。濡れた黒い瞳が近づいてきて、美久は思わず吸い込まれそうになる。もし、両手で抱きしめられていたら逃げられなかったかもしれない。尚ニーニーの顔から漂うタバコの匂いを感じた瞬間、左手のほうから美久はするりとかいくぐった。制服のブレザーが三線の弦に触れ、ビンッと小さく鳴った。

美久は尚ニーニーと距離を取って言った。

「沖縄を見せてくれてありがとうございます。でも、もう学校行かなきゃ。ニーニー、送ってってください」

15　グランフェッテ

6月23日、慰霊の日は沖縄中の学校が休みになる。東京育ちの美久にとっては初めての経験だった。

大会を控えた部活は練習を許され、マーチングバンドも午前から練習をしていた。正午の時報が鳴るときには、全員が1分間の黙祷をした。練習をしていても、かすかに漂う厳粛さをみんなが感じているような、不思議な1日だった。

慰霊の日を過ぎると、沖縄の夏はさらに加速した。

世界大会まで1カ月前後となって、マーチングバンドはピリピリした空気の中で練習を続けた。日差しも厳しくなり、紫外線ノーガードのリンカーはもちろんのこと、日焼け止めをしっかり塗り込んでいるミッツまでも肌の色が濃くなっていった。美久は不思議と焼けはしなかったが、毎日肌が火照ったように赤らんでしまうのが困りものだった。

ユーイーがグラウンド練習でかぶっている麦わら帽子も、ハードな練習のせいでさらに穴が大きくなり、「顔がまだらに焼けるぞ」とユートに笑われた。

カラーガードは、初心者組の技術が上がったことを受けて、世界音楽コンクールでの演技内容を最終決定することになった。ミッツはメンバーを集め、ハルコーさんから発表があった。

「一応、できるだけみんなに見せ場があるように考えた。ただ、初心者は先輩たちと同じようにはいかないから、そこはわかってね」

美久と1年生は「はぁい！」と返事をした。

「じゃあ、順番に言っていくよ。最初、《ロリポップ》のソロはリンカーにお願いする」

「わかりました」とリンカーは頷いた。

3曲目の《好きにならずにいられない》のセンターでセイバーで踊るのはミッツ。4曲目の《ヴァケーション》のライフルは初心者以外の4人で行い、続くフラッグではチエーが短いソロを担当。5曲目の《スマイル》ではサクラーとマキマキの2年生コンビが順番に短いソロ。

「で、6曲目の《ティティナ》のソロだけど、そこはイズーにやってもらう」

ハルコーさんがそう言った瞬間、イズーはビクッと反応し、途端に目に涙を浮かべた。

（よかったね、イズー！）

美久が親指を立てると、イズーも泣き顔で親指を立てた。

だが、美久自身にはまだ大事な役割は何も与えられていなかった。力強さが足りない、手具のミスが多すぎる、フィールド全体が見られていない、と欠点を指摘され続けてきた。いちばんの課題は表現力だ。おとなしすぎる、何も伝わってこない、と何度もハルコーさんに繰り返し言われた。

やはり自分にはカラーガードの才能もないのだろうか？

それでも、マーチングをやりたいと美久は思った。才能がなくてもいい。親友と呼んでくれたユーイー、我慢強く教えてくれたミッツやリンカー、手の皮をボロボロにしながらともに頑張ったイズー、それに、リュウ……。みんなのために頑張りたい。自分を受け入れてくれたみんなに報いたい。みんなと最高のマーチングをつくり上げたい。

それができたとき、初めて自分は心の底から「私の演技を見れー！」と言えそうな気がする。

「――でね、良吾先生やミッツとも相談したんだけど、最後の《ウィー・アー・ザ・ワールド》のカンパニーフロントで、ソロをミークにやってもらいたい」

「えっ！」

考えごとをしていた美久は、ハルコーさんの言葉に思わず声を漏らした。

カンパニーフロントといえば、マーチングのショーの中でいちばんの見せ場、クライマックスだ。ブラスとバッテリーがそれぞれ横一列に広がって並び、最大の音量で楽器を響かせながらゆっくりと前進する。これまでのドリル練習では、カラーガードはセンターでリンカーがソロで踊り、ほかのメンバーは周囲でフラッグを振っていた。

「カンパニーの振り付けはガラッと変える。ミークにはセンターで連続24回のターンをしてもらう。バレエでいうグランフェッテさー」

ハルコーさんが言うと、美久は「えぇっ！」とまた声を上げてしまった。

「せっかく美久にはバレエのスキルがあるんだし、西原マーチングのためにそれを生かさん手はないさー」

リンカーはそう言うと、美久の肩をポンと叩いた。しかし、美久は喜ぶどころか、いきなりどん底に突き落とされたような気分だった。

ハルコーさんは言った。

「ただ回転するだけじゃ面白くないし、これはバレエじゃなくてマーチングだから、セイバーを持ってターンしてもらおうと思ってるわけ。そこにほかの6人が絡んでくるの――」

ハルコーさんのアイデアはこうだった。

カンパニーフロントでブラスとバッテリーが《ウィー・アー・ザ・ワールド》を演奏しながらゆっくりと前に出てくる。その前方、指揮台の前でガードは美久を中心に1列になる。美久の左右に3人ずつ並ぶ。正面に向かって右からひとりずつフラッグをトスしていき、それとシンクロして、1人がトスする間に美久は2回ターンをする。フラッグのトスはいちばん左までいったらまた右へ戻っていく。つまり、フラッグのトスとキャッチが12回続き、それと同時に美久が24回のターンをする。

「――で、美久は最後のターンが終わったらいったん止まり、セイバーを高くトス。セイバーが空中にある間に2回ターンしてキャッチ、決めポーズ！　どう⁉」

「いいですね、それ！」とミッツが言い、みんなも笑顔で手を叩いた。

だが、美久だけが下を向いた。

「どうしてわざわざバレエのターンを入れるんですか？　普通のカラーガードの演技じゃダメなんですか？」

美久は言った。自然と声が震えてしまった。いままで、カラーガードはバレエとは違うからやってこられた。世界大会のいちばん大事なところでバレエをするなんて……。美久の中に押し込められていたバレエへの負の感情がどす黒く湧き出してくる。

するると、ハルコーさんが言った。

「それくらい思い切ったことをしないと、ワールドチャンピオンはとれない。5年前に自分が出たからわかるの。実際、盛り上がると思う。でも、それだけじゃないさー。カンパニーフロントっていう最大の見せ場のセンターに渦を作りたいの。西原マーチングのメンバー全員を巻き込んで、観客も巻き込んで、ショーのすべてをかき混ぜるような渦――」

「もしかして、カチャーシーですか？」

リンカーの言葉に、ハルコーさんは頷いた。

美久はユーイーの家で踊ったカチャーシーを思い出した。両手を挙げ、手のひらを右へ左へ揺らしながら唄三線に合わせてステップを踏む。

「バレエの踊りでカチャーシーを表現するのか。いいアイデアだと思います」とリンカーが言った。

「ミーク、沖縄のカチャーシーはただの民謡の浮かれた踊りじゃないよ。カチャーシーっていうのはかき混ぜるっていう意味だわけ。つらく苦しい歴史を経験してきたウチナーンチュが、喜びも悲しみもみんなでかき混ぜて、みんなで分かち合う。それがカチャーシーなの。ミークの踊りでそのカチャーシーをやろうってわけ。どう？」

カチャーシーにそんな意味があると美久は初めて知った。喜びも悲しみもかき混ぜて、分かち合って――。

（でも、私にフェッテができるのかな……）

美久にはまったく自信が持てなかった。《白鳥の湖》や《ドン・キホーテ》でバレエダンサーが踊るグランフェッテは32回転。それに比べれば、24回転は難度が下がる。しかし、いままでバレエの本番で32回転をやったこともなかったし、今回はターンをする状況が何もかもバレエと違いすぎる。

第一、美久はバレエの世界で落ちこぼれた人間だ。才能がないと、母に見捨てられた人間だ。それなのに、世界一を目指す大事なショーのクライマックスに、たくさんの観客の前でフェッテを踊るなんて。

無理、無理、無理……！

美久の頭の中はその言葉で埋め尽くされそうになった。だけど――さっきハルコーさんが言った「喜びも悲しみもみんなかき混ぜて、みんなで分かち合う」という言葉が小さな灯火のように心に灯った。

（私だけじゃない。きっとみんなが何かに見捨てられて、それでも、もがき苦しみながら生きている。バレエに見捨てられ、母に見捨てられた私だから、そのフェッテを踊ることができるかもしれない――）

リンカーが横から美久の肩を抱いた。

「記念式典があった日、練習の後でミークは体育館で踊ってたば？　あれ、ワンとハルコーさんが見てたわけ。でーじきれいな踊りだった。あのときのミーク、本当に楽しそうだったさー」

「あれを見て、カンパニーの演出を思いついたの。ミークの踊りは西原マーチングの秘密兵器になるよ」とハルコーさんは微笑んだ。

「私……」

「ミーク、大丈夫だよ。ミークはひとりじゃない。私らみんながついてるさー」

ミッツが言うと、マキマキが、サクラーが、イズーが、チエーが、そして、リンカーとハルコーさんが頷いた。

美久も頷いた。

私は踊ろう。みんなのために、やってみよう。

「ミークが24回転を成功させても、私らがフラッグをドロップしたら台無しさー。世界一は私らにかかってる。死ぬ気で頑張るよ！」

ミッツの言葉に、みんなが「はぁい！」と声を張り上げた。

その日から、美久はカラーガードの練習や全体のドリル練習に参加しながら、時間を見つけては記念碑の立つ芝生のところでハルコーさんに特訓を受けた。ハルコーさんが来られないときは、音楽室から姿見を持ち出して前に置き、自分の動きを確認しながら練習した。物珍しそうに見ながら通り過ぎていく生徒たちの視線を気にしている暇はなかった。

何度も皮が剥けてだいぶ硬くなっていた足の裏は、さらに皮が剥け、芝に血の痕がつくこともあった。テーピングも何度も貼り替えなければならなかった。セイバーを握り、受け止め続ける手もボロボロになった。セイバーが当たってあちこちに痣もできた。

やはりセイバーを持った状態でのフェッテは難しかった。芝生やその下の地面は均一ではなく、軸足がぐらついてバランスを崩しがちだった。セイバーは右手に持つのだが、その長さと重さもターンの障害になった。

何度も何度もターンを繰り返し、美久は芝生の上に膝をついた。沖縄の夏の太陽に照りつけられ、汗が滴り落ちる。呼吸が激しく、喉が詰まりそうだった。

目の前に浮かぶのは母の——室町麻里のグランフェッテだった。《白鳥の湖》で「黒鳥のグランフェッテ」を踊るのを客席から見たとき、可憐にして妖艶な黒鳥のオディールが重力から解き放たれたようにターンを繰り返し、王子の愛を吸い取っていくのを美久は目にした。そこにいるのは超一流のバレエダンサー。美久が憧れ、慕い、目指し、どれだけ死にものぐるいに頑張っても手が届かない存在だった。

「やっぱり無理。私には母のようにはなれない」

その言葉が何度も頭をよぎった。だが、美久はそのたびに立ち上がり、ターンを続けた。

(リンカーが言ってくれた。私はひとりじゃない。これはみんなのフェッテなんだ)

帰りの車に乗るときには、美久は全身汗だくで、見るからに疲弊していた。汗はタオルやペーパーで拭き取ってはいるのだが、なかなか止まらない。目つきもやや虚ろになっている美久を見て、ユーイーが心配そうに声をかけてきてくれた。

「ミーク、でーじなってるなー。無理しすぎたらいかんさー」

きっとユーイーはまだ尚ニーニーと美久がふたりでドライブしたことを知らないのだろう。だが、美久には罪悪感を覚えている余裕もなかった。疲れがありがたかった。

尚ニーニーは何も言わず、タバコを吸いながら運転している。琉も黙って窓の外を見ていた。

(リュウはいま何を考えてるの？　ねぇ、何か言ってよ……)

美久は琉の横顔に向けて心の中でそう呼びかけた。

16　エイサー

あっという間に日々は過ぎ、資金造成コンサート当日がやってきた。西原高校マーチングバンドにとって、２０２２年度で最初の本番だ。

初日は那覇の体育館での公演で、会場は満員になった。入りきれない人も出たが、良吾先生はちゃっかり中の様子が見られるモニターと募金箱を外にも用意していた。また、Ｔシャツなど西原マーチングのグッズも販売し、お祭りのような雰囲気になった。来場者の多くはコロナ対策でマスクをしてはいたが、体育館には高揚感が漂っていた。２０２０年の春にコロナ禍が到来して以来、コンサートやイベントが激減した。来場者は久しぶりの生のコンサートを心待ちにしていたのだ。

本番では、まず最初にもっとも神経とスタミナを使う世界音楽コンクール用のショー《ザ・ワールド・イズ・ワン》を披露した。

良吾先生の指導で生まれ変わったブラスのサウンドが館内に豊かに響き、バッテリーやピットが力強くリズムを刻んだ。カラーガードはミッツたち4人の仕上がりはよかったが、初心者3人組は初の本番で緊張し、フラッグをドロップしたり、向かう方向を間違えたり、振りがずれたり……といくつもミスが出た。

クライマックスのカンパニーフロントの演技は、まだ美久が24回転のターンとラストのセイバートスをマスターできていなかったため、難度を下げた演技に変更された。ターンは前半の12回のみで、後半はセイバーのスピン。ラストもセイバーを投げ上げず、手に持ったまま2回ターンして終わる。ハルコーさんは「五割引き」と呼んでいた。

美久はその「五割引き」の演技を無難にこなしたものの、やはり盛り上がりに欠け、観客の反応も熱狂とまではいかなかった。

（私が大技に挑まないのは、グランフェッテのない《白鳥の湖》みたいなものなんだ……）

美久は大きな責任を感じた。

ショーが終わった後には、ハルコーさんからもこう言われた。

「カンパニーの最後の見せ場をこのコンサートでやらんっていうことは、本番での経験がなく世界大会に臨むってことさー。ミーク、危機感持ってな。気を引き締めていこう」

「すみません……」

「謝らんでもいいよ。それより、初めての本番、どうだった？」

「緊張もしましたし、ミスも多かったですけど――楽しかったです」

「でしょ？　毎日毎日練習してきたのは、この本番を心から楽しむためよ」

ハルコーさんは励ますように美久の肩をぽんぽんと叩いた。

《ザ・ワールド・イズ・ワン》の後、西原マーチングは各パートのショーを披露し、最後に《気まぐれロマンティック》を演奏した。

この日は受験勉強を一時休んでマサが応援に来ていた。マサはコンサートの後、ブラスのメンバーにアドバイスをした。

「前のブラスに比べたら、演奏はしに上等になったさー。《気まぐれロマンティック》もよかったよ。でも、《ザ・ワールド・イズ・ワン》は改善の余地がまだまだある。特に、プッシュとかカンパニーみたいな見せ場で強奏になると、ピッチの乱れがでーじ気になる。あと、ソロやデュエットを吹く人は自信持ってな」

マサの言葉に、スズカーがトランペットを胸に抱きしめながら頷いた。

コンサートは15分間の休憩の後、第2部になった。第2部の内容は、観客はもとより部員たちにも知らされていなかった。ここでようやく良吾先生の秘策が明らかになった。

「続いては、中城村北浜青年会によりますエイサーの演舞です」

体育館にアナウンスが響くと、会場がどよめいた。

「エイサー⁉」と部員たちも一様に驚きの表情を浮かべた。

開け放たれた入口の向こうから「いちゅんどーー！」という勇ましい声と甲高い指笛が聞こえてきた。

ドンッ、ドンドンッ……。

腹に響く太鼓の音に合わせて、旗頭を先頭に琉球の衣装を着た奏者たちが2列で体育館に入ってきた。

良吾先生の秘策とは、エイサーショーをやることだった。しかも、出演するのはユーイーや美久たちが暮らす中城村の青年会だった。

2019年まで毎年沖縄市で開催されてきた沖縄全島エイサーまつりは、コロナ禍の影響で今年も3年連続の中止が噂されていた。また、旧盆の各地区での道ジュネーも行われない可能性が出てきていた。活躍の場を失う青年会にとって、西原マーチングの資金造成コンサートへの出演は絶好の機会だった。西原マーチングにとっても、プログラムが埋まるだけでなく、沖縄の伝統への貢献ができる。まさにウィン・ウィンの企画だった。

部員たちがびっくりしたのは、列を作って入場してきた青年会の中に良吾先生が交じっていたことだった。襦袢《じゅばん》に打掛《うちかけ》、脚絆《きゃはん》、頭にはサージ布をかぶって、完全にエイサーの一員と化している。右手に持ったバチを振り下ろしては、左手に持った平べったい太鼓、パーランクーを叩いていた。

「先生、いつの間に着替えたば⁉」

「びっくりしたさー！」

部員たちは騒然《しかんだ》となった。

観客席から盛んに指笛が響いた。エイサーの列は、旗頭、大太鼓《うふでーく》、締太鼓《しめでーく》、パーランクー、女踊り《イナグモーイ》、男踊り《イキガモーイ》と続いた。そして、顔を白塗りにした男が列の周囲でピョンピョンと跳ね回っていた。

「ミーク先輩、あれがチョンダラーやっさ！」

イズーが興奮した口調で美久に教えてくれた。

チョンダラーはひとりだけ自由に動き、観客に愛想を振りまきながら体育館をぐるっと回った。

そして、エイサーの列がすべて体育館に入り切るのを確認すると、会場の隅にセッティングされたスタンドマイクのところへ行き、合図を送った。

そこには、クバの葉で作られた円錐形の傘を目深にかぶり、三線を手にしたひとりの地方《じかた》が静かに立っていた。

尚ニーニーだ——美久にはすぐわかった。

太鼓が作り出すリズムに合わせ、ニーニーは三線を弾きはじめた。大太鼓や締太鼓、パーランクーが大きくバチを振り上げ、高く上げた足で床を踏みながらドンッドンッと太鼓を打つ。

「イーヤーサーサー！」

「ハーイーヤー！」

「ナーティーチェ！」

「ハーイーヤー！」

力強いコール・アンド・レスポンスの後、ニーニーの歌が聞こえはじめた。

仲順流《ちゅんじゅんなが》りや　七流《なななが》り　黄金《くがに》ぬはやしん　七《なな》はやし——

美久の目が、耳が、尚ニーニーに吸い付けられた。

「どうだば、ミーク。エイサーは初めて見るば？」

いつの間にか隣にユーイーが立っていた。

「うん！　すごいね！」

ニーニーを見ていたことをごまかすように美久は言った。けれど、その言葉も嘘ではなかった。十数人から成る太鼓の響き、また、十数人のイキガモーイとイナグモーイの踊り。その間を自在に動き回り、指笛を鳴らしたり踊ったりするチョンダラー。沖縄の歴史を感じさせる衣装や振り付け、囃子《ヘーシ》や指笛。重低音が床や壁を揺らす。

ニーニーの歌声は、その中を吹き抜ける海風のようだった。

「普通、地方は何人かでやるもんだけど、ニーニーならひとりで充分さー」

「うん」と美久は頷いた。「ねぇ、ユーイー、エイサーってマーチングに似てない？」

「はっさ！　ミーク、よく気づいたねー」とユーイーは美久の背中を叩いた。「西原マーチングが日本でも、世界でも活躍できてるのは、ウチナーンチュがエイサーのリズムや歌を体に染み込ませてるからやさ。ワッターの体にはエイサーの血が流れてるわけさー」

そうだとしたら、美久の体にはエイサーの血は流れていない。ニーニーの歌、太鼓や囃子に気持ちは高ぶるけれど、その感じ方はきっとウチナーンチュとは違う。

「うちらのショー、負けたね」「エイサーに喰われたさー」という部員たちの声が聞こえた。

青年会が何曲か演舞を披露した後、ニーニーの三線が急にテンポアップした。赤嶺家で初めてカチャーシーを踊った《唐船ドーイ》だった。

部員たちはごく自然に両手を挙げて踊りはじめる。観客も立ち上がり、踊る。ニーニーの声は熱を帯び、良吾先生や男たちの太鼓も吠える。

「ほら、ミークも！」

ユーイーにうながされ、美久も両手を挙げて踊った。

喜びも悲しみもみんなでかき混ぜて、みんなで分かち合う。それがカチャーシーだとハルコーさんが教えてくれたのを思い出した。演者も観客も関係なしに踊り、それが渦になる。自分はマーチングのクライマックスで、フェッテでこの渦を作らなければいけない。

自分にそんなだいそれたことができるのだろうか。ヤマトンチュの自分に——。

徐々に美久の手は下がり、動きが止まった。

ふと、琉と目が合った。琉は壁際にじっと立ってこちらを見つめていた。

美久はカチャーシーの人波をかき分けて琉に近づいていった。

「リュウは踊らないの？」

するも、琉は何も答えず、ふいっと背を向けて会場から出ていってしまった。その背中が見えなくなってから、美久は気づいた。

琉が見ていたのは自分ではなく、ユーイーだった。


3日連続の資金造成コンサートは大盛況に終わった。来場者だけでなく、企業からの協賛も得られた。マスコミで広く報じられたおかげでクラウドファンディングも成功し、費用面で世界音楽コンクールに参加できないという部員はいなくなった。

最後の公演が終わった後、エイサーの衣装を着たままで良吾先生は部員たちの前に立った。

「この3日間、本番の経験ができただけじゃなく、エイサーもたっぷり聴けただろ？　この沖縄《ウチナー》のスピリットを持って、音楽のオリンピックにいちゅんどー！」

「はぁい！」と部員たちは答えた。

「それと——まぁ、これは3年生には関係ないことやしが、ワンからヤッターに報告がある」と先生は口ひげを指でこすった。「ワンはいまは臨時的任用の教員だっていうのは、みんな知ってるだろ。ワンは去年結婚して、子どももできたわけさー。だからこの前、正式な採用を目指して教員採用試験を受けた。たぶん合格するんじゃないかと思ってる」

笑顔で言う先生に、部員たちは拍手を送った。

「ただよ、臨時から正式採用になると、現任校には残れん。必ず異動《かんなじ》になるわけさー。だから、ワンが西原マーチングを指導できるのは、今年が最初で最後よ」

その言葉を聞くと部員たちは静まり返り、顔を見合わせた。

「西原マーチングの指揮者として世界音楽コンクールがデビュー戦。年末の全国大会が最終戦さー。すげえだろ《でーじだろ》?」

先生はおどけて言ったが、誰も笑わなかった。

「夏休みに入ったら、すぐオランダへ出発する。練習できる時間もあとわずかさー。世界大会にはどの国からどんなバンドが出てきて、どんなショーをするのか想像もできん。ライバルのことを考えてもしょうがないし、自分たちとの勝負をしてほしい。あと、コロナに罹《かか》るなよ」

部員たちは「はぁい」と答えた。

西原マーチングにしては珍しい、覇気のない声だった。


「良吾先生、1年間だけかー。最初はめっちゃ《しに》苛つく《ワジワジする》やつだったやしが、でーじいい先生だと思うようになってたのにー」

帰りの車の中でユーイーが言った。

先生が言ったとおり、3年生は卒業してしまうから先生が何年在籍しようが、指導を受けられるのは今年1年限りだ。それでも、3年生も含めてみんながっかりしていた。

すると、ニーニーが言った。

「あの先生、面白いやつよや。高校のコンサートでエイサーやってください、自分もエイサーに加わりますからって青年会に頼みにきてよ。あいつ、最初は地方《じかた》をやる気だったやしが、ワンの三線聴いて、『自分は比べられたくないからパーランクーやります』ってさー。ワンがユーイーのニーニーだって知って、めっちゃ驚いて《しにしかんで》たよ」

エイサーの余韻が残っているのか、尚ニーニーも珍しく饒舌だった。

先生は学校の授業を受け持ち、夜までマーチングバンドの指導をし、世界大会の準備をし、資金造成コンサートを準備し、エイサーの練習にも参加し、いつの間にか教員採用試験まで受けていた。そういえば、確かに練習中に先生がどこかへ出かけたり、不在だったりしたことはあったが、これだけのことをこなしていたのかと思うと美久は頭が上がらない気がした。きっと部員みんなが同じ気持ちだろう。

琉は黙って窓の外を見ている。夜道の街灯が彫りの深いその顔をするりするりと舐めていく。美久は琉に話しかけたかったが、言葉が見つからなかった。

「ワッターのマーチングとニーニーのエイサー、まさか共演できるとは思わんかったさー」とユーイーは上機嫌だった。「ミーク、今夜はワッターの家で打ち上げやらん？　ヒロシーさんも呼んでさ」

どうせ家に帰っても食事は用意されていない。疲れ切った美久は料理をする余力もないし、冷凍食品かカップ麺を食べるだけだろう。

「ありがと。じゃあ、お父さんに聞いてみるね」

さっそく美久は比呂士に電話をかけてみたが、応答がなかった。メッセージも送ってみたが、既読にならない。

「ミーク、今日は珍しくリュウも参加するって！」とユーイーが嬉しそうに言った。

「……お父さん、返事がない」と美久は言った。

尚ニーニーは顔半分だけ振り返り、「家、直接行ってみればいいさー」と言うと、アクセルを踏み込んだ。

車は国道から細い道に入り、ウージ畑の間を通って美久の家へ向かった。ニーニーはいつもより少しスピードを出していた。なのに、美久にはその道のりが遠く感じた。

玄関のアルミのドアが開けっ放しになっていた。美久が車を降りて家に入ろうとすると、「ちょっと待て。俺が先に入る」と琉が前に立ち、美久は後に続いた。

家の中は真っ暗だった。侵入者がいるかもしれない。暗がりの中でも琉の背中が緊張しているのがわかった。背後では、尚ニーニーとユーイーも車の外に出て、周囲を見回していた。

「お父さん？」

美久は声をかけながら電灯のスイッチを入れた。すべての明かりをつけ、部屋や風呂場、トイレまで覗いてみたが、比呂士はどこにもいなかった。かといって、不審な形跡は何もない。

「先にユーイーの家へ行ったんじゃないのか？」と琉が言った。

「うん。もしかしたら……」

美久たちはまた車に戻り、赤嶺家へ向かった。

「ヒロシーさん？　来てないよー」

レミが台所から顔を出して言うと、美久たちは顔を見合わせた。

父はいったいどこへ行ったというのだろう？　もしかしたら、どこかをぶらぶら歩いているのかもしれない。父のことだからその可能性はある。でも、それなら玄関を開けっ放しにするだろうか？

ふわふわ笑う父の顔が脳裏に浮かんだ。美久はその優しい父の表情が好きだったけれど、どこかに怖さを感じる表情でもあった。飄々としているようで、脆さを秘めている。「琉球ガラスのような人」とレミが言っていたことを思い出した。

するると、唐突に縁側に座っていたタラーおじいが言った。

「ヒロシーは海へ行ったさー」

まるで歌うような言い方だった。

「おじいにはわかる。ヒロシーは海に呼ばれたさー」

美久はハッとして、気づいたときには駆け出していた。

赤嶺家の敷地を飛び出し、海へ続く道を走る。道は真っ暗だった。左右からウージの黒い影が手を伸ばしてきた。美久に手招きしてきた。だが、構ってはいられなかった。ウージの畑の中を誰かが追いかけてくる。沖縄に初めて来たときからずっとだ。ウージの中を誰かがついてくる。

もしかしたら、そこに潜んでいるものに父も追われ、捕まえられてしまったのかもしれない。

二の腕をグッとつかまれ、反射的に振りほどこうとした。

「ミーク！」

腕をつかんでいるのは琉だった。

「お前は先に行くな！」

琉は腕を放すと、美久を追い抜き、少し先に立って走った。振り返ると、ユーイーと尚ニーニーも後ろにいた。ニーニーはウンタマを連れていた。

コンクリートの遊歩道を乗り越えて、ビーチに飛び出した。明かりの乏しい海岸は暗闇の中だった。足の裏にカラカラとした塊を感じる。

人骨やっさ。

タラーおじいの声がどこかから聞こえてくる。

「ウンタマ！」

尚ニーニーがリードを放すと、ウンタマは遊んでもらえると思ったのか、嬉しそうにニーニーや美久のまわりを跳ね回った。４人はそれぞれスマートフォンのライトをつけ、ビーチを照らした。と、急にウンタマが鼻先を少し上に向け、波打ち際に向かって走りはじめた。美久たちが追いかけると、ウンタマは立ち止まり、沖に向かって吠えた。

「あそこだ！」と琉が指を差す。

石灰岩の浅瀬のずっと先に誰かが立っている。小さな人影がぼんやり見える。

美久は躊躇なく海の中に入った。何度もつまずいて転びそうになった。尖った石灰岩が靴底越しに足の裏に刺さってくる。海水が靴の中に入り込み、練習でできた傷にしみる。美久は泣きたくなったが、泣いている暇はなかった。

「お父さん！」

ぼうっと見える背中に声をかけたが、比呂士はまるで海中に突き出た岩になってしまったかのように動かない。

琉が先に比呂士にたどり着き、両肩をつかんだ。

「お父さん！」

ようやく美久も比呂士のそばに行き、手を握った。ユーイーと尚ニーニーもやってきた。ウンタマだけが波打ち際から吠え続けている。

「あぁ、美久か」

比呂士はゆっくり美久を振り返り、ふわふわ笑った。そして、また視線を東の果て、水平線のほうへ向けた。

「何してるのよ！」

美久は泣きながら叫んだ。

「また、アマミクに救われたか……」

夜の海の中で比呂士のつぶやきを聞き、ユーイーとニーニーは顔を見合わせた。

17 アマミクと美久

窓の外で真っ青な水が音を立てて何度も弾ける。驟雨《カタブイ》でも降らせそうな積乱雲が浮かんだ夏空が上下に揺れる。

小さな連絡船は沖縄本島の南東海上に浮かぶ小さな島、久高島《くだかじま》へ向かおうとしていた。その船の中で、美久は比呂士が自分たちに語ったことを思い出していた。

夜の海から上がった後、比呂士は赤嶺家の座敷で美久たちを前に長い長い話をしたのだった。

明確に意識はしていなかったが、東京で妻や美久と別れた後、比呂士が沖縄にやってきたのは人生を終わらせるためだった。なんとなく沖縄までやってきて、自分が死のうとしていることに比呂士は気づいた。だが、すぐに実行する必要も理由もなく、「最後に小説を1本でも書くか」と家を借りた。その後、命を絶つタイミングが見つからず、小説も書けないままこの5年間が過ぎた。

19年前も同じだった。

大学卒業直前、比呂士は大手出版社が主催する純文学の新人賞を受賞して作家デビューをした。就職が決まっていた地方新聞社を蹴り、専業作家になった。もともと人付き合いは得意ではなく、新聞社でうまくやっていく自信もなかったから、作家デビューできたのは天の配剤だと思った。デビュー作はまずまず売れ、評価も高かった。だが、2作目はあまり売れず、3作目はさらに売れなかった。文芸誌に何度か短編と長編を載せてもらった。話題にはならず、評論家からの批評も辛辣だった。5作目まではどうにか出版できたが、その後、新たな出版の話は来なくなった。売れ線だといわれるミステリーやホラーを自分で書いてみたが、編集者には「鷹栖さんはこっち方面じゃないでしょ」と言われ、相手にされなかった。

あるとき、ひとつのネット記事が比呂士の目に留まった。苦境にある中小企業を救済する方策を政府が打ち出した、という記事だったが、コメント欄にはこんな文章が書き込まれていた。

「自力で経営していかれない会社は、社会に貢献できていないどころか、むしろ社会のお荷物になっており、必要ない存在になっていることに気づくべきだ。そういう会社には早く退場してもらうことこそが社会のためなのだ」

これは自分のことじゃないか、と比呂士は思った。

子どものころから読書を好み、遊ぶよりも考えごとをするのが好きだった。たびたびいじめの標的にされたし、学生生活はいつも孤独だったが、それを救ってくれたのは本だった。比呂士自身が文章を綴るようになっていったのも自然のなりゆきだった。読書感想文では学校代表に選ばれ、高校時代には小説のようなものを書いて地元で表彰を受けたこともあった。

人付き合いは苦手で、体力もない。料理もできず、スポーツもできず、ＤＩＹやキャンプや釣りも好きではない。本と執筆は、孤独な比呂士と社会を繋いでくれる命綱だったと言っていい。しかし、売れない小説しか書けない存在になってしまった自分は、社会にも出版業界にも不要な存在なのかもしれない――。

ネットのコメントを読んだ比呂士はそう思った。自分はすぐにでも退場すべきなのだろうか。文学を愛し、また、文化や芸術を愛し、信じてきた比呂士だったが、資本主義社会における自分の無力さを思い知らされた。

沖縄に向かったのは、いつか沖縄を舞台にした小説を書いてみたいと思っていたからだ。読書を通じて知った沖縄の独特の文化や風習、言葉、歴史に創作欲をそそられた。だが、まだ一度も訪れたことがなかった。

なけなしの貯金をはたき、比呂士は生まれて初めて沖縄にやってきた。よく知られた観光地には興味はなく、比呂士は連絡船に乗って久高島に向かった。

そこは沖縄の神話の聖地だった。アマミキヨとも呼ばれる女神アマミクが、東方にある理想郷ニライカナイからやってきて海の中に久高島を作り、そこから沖縄の島々を作っていったといわれている。久高島は人口の少ない小さな島だが、20世紀まではイザイホーと呼ばれる独特の祭祀を島全体で行っており、フボー御嶽《うたき》などの聖所がいくつも存在する。

だが、連絡船で久高島に渡ってみて、比呂士は初めて自覚した。

自分はここを取材し、小説を書くために来たのではない。社会から退場するために来たのだ。

「あぁ、そうだったのか、ここで終わりか」

比呂士の背中を冷たいものが流れた。

島の南部にある民宿に泊まり、夜、そっと宿から抜け出した。比呂士は北へ向かって歩いた。島の最北端にはカベール岬という場所がある。アマミクが最初に降臨したとされる場所だ。琉球の始まりの地が、自分の人生の終わりの地になる。

地図では小さな島だったが、歩いてみると意外に距離があった。途中からは未舗装の一本道になった。比呂士を導くように、月の光が闇の中に白い道を浮かび上がらせていた。

1時間近く歩いただろうか。夜の中では時間の感覚も曖昧になる。やがて道の終わりが見えてきた。行き止まりにわずかな上り坂がある。道は途切れ、もうその先にあるのは海だけだ。

目の前が広く開けたとき、比呂士は目を疑った。

そこにはアマミクがいた。

島と海との境界で、神々しい月明かりを浴びながら、美しい女神が舞っていた。いや、美しいという形容を超えた、恐ろしいほど神聖で神秘的な光景だった。見てはいけないものを見てしまった気がした。

比呂士が呆然としていると、アマミクがこちらに気づき、動きを止めた。

「こんばんは」と透き通るような声が響いた。「あなたも――」

そう言いかけると、女神は大きな瞳からポロポロと涙をこぼした。

比呂士はハッとした。自分はその女を知っている。あの有名なバレエダンサー、室町麻里だ！

比呂士は室町麻里が主役を務める《白鳥の湖》の映像を見たことがあった。テレビのドキュメンタリー番組も見た。あの室町麻里が目の前にいるのが信じられなかった。

比呂士は慌てて非礼を詫び、自分が怪しい人間ではなく東京から来た作家であることを告げた。それから、泣いている麻里をハンカチを敷いて座らせ、落ち着かせた。

海に向かって並んで座ると、やがて麻里は語りはじめた。

幼少期からバレエの才能を認められて努力を続け、オランダに渡ってバレエ団でプリンシパルになった。アジアからやってきたダンサーは、冷たい仕打ちも数え切れないほど受けたが、不屈の精神と磨き上げた技術でヒエラルキーの頂点にまで上り詰めた。優しい人、認めてくれる人もいたし、親友もできた。一方で、人気、チケットの売り上げ、メディアやネットでの評判、ライバルとの競争、才能ある新人からの突き上げなどで心をすり減らした。

そんな麻里を支えてくれたのは恋人の存在だった。彼はフランス人の芸術監督だった。ふたりはアムステルダムで同棲し、麻里は結婚と妊娠を望んでいた。しかし、彼はある日突然に麻里を捨て、数カ月後には別のダンサーと結婚した。精神的にタフなつもりだったが、麻里はショックでうまく踊れなくなってしまった。そして、密かにオランダから帰国すると、人目を避けるように久高島へやってきたのだった。

比呂士は、麻里が言った「あなたも――」という言葉が印象に残っていた。そうだ。室町麻里も、自分も、それぞれ大切なものを失い、見捨てられ、ここへやってきたのだ。

麻里は比呂士の名前を聞いて驚いた。比呂士のデビュー作を読んだことがあったのだ。

ふたりはニライカナイのほうから太陽が昇ってくるまで、ずっとカベール岬で語り合った。人生を終わらせるという比呂士の考えは、夜とともに消え去っていた。

翌日も、その次の日も、ふたりは夜中に宿を抜け出し、カベール岬で会った。そして、その場所で恋に落ちた。それは久高島が生み出した幻想、あるいは女神のいたずらだったのかもしれない。だが、ふたりにとっては、その出会いは神から与えられた特別なものに思えた。久高島滞在中に麻里の中に新しい命が宿っていた。

麻里は空き家になっていた東京の実家に戻ってひっそり過ごす中で、妊娠に気づいた。麻里は正式にオランダのバレエ団を退団すると、比呂士と結婚し、女の子を出産した。女神の名前、阿摩美久《アマミク》にあやかって「美久」と名付けた。

麻里は家を改築してバレエスタジオを作り、プロを目指すダンサーの卵たちを育てた。麻里自身もフリーのダンサーとしてステージに立った。比呂士は麻里の活動に何も言わなかった。比呂士にとっては麻里と美久がすべてだった。

麻里は娘の美久を自分の後継者にしようと、幼いころから厳しいレッスンをした。だが、美久は外見こそ麻里に似ていたものの、バレエの才能を受け継いではいなかった。

東京での結婚生活が長くなればなるほど、麻里がストレスを溜めていっているのが比呂士にはわかった。比呂士は新作の小説を書くこともできず、依頼される細々した記事を書いて生活の足しにしている程度だった。麻里が仕事のことで比呂士を責めることはなかった。しかし、自分が麻里の重荷になっているという自覚もあった。きっと麻里は売れない作家の妻として、あるいはバレエの指導者としてではなく、まだひとりのバレエダンサーとして広い世界に羽ばたいていきたいのだろうと思った。比呂士は自分が麻里から天女の羽衣を奪っているような気がした。

比呂士の心に「必要のない存在」「退場」という言葉が再び浮かび上がってきた。

別れようという比呂士の提案に、麻里は反対しなかった。美久も連れていくべきかもしれないと思ったが、美久自身が母とともに暮らし続けることを選んだ。

たったひとりになった比呂士の行く先は、沖縄しかなかった。前回の続きから始めるのだ。今度はこの世から「退場」することをアマミクが止めてくれることもないだろう。

焦る必要もない。最後に遺作を1本でも書けたらいい。そんなふうに思って中城村に格安の一軒家を借り、気づけばだらだらと5年間生きてしまった。遺作も書けていなかった。

高校3年生になった美久が急に沖縄にやってくることになった。麻里はオランダへ旅立つという。5年ぶりの娘との生活は純粋に楽しいものだった。表面上は明るくしていた。けれど、比呂士の精神はすでに岬の崖の上にいた。人生の道はもう行き止まりだ。美久には迷惑をかけることになるが、ついにそのときが来たのだと思った。

気づくと中城の海に足を踏み入れていた。引き潮のようで、浅瀬がずっと続いていたが、まっすぐ進んでいけばいずれは深みが自分を引きずり込んでくれることだろう。

死ぬことはちっとも怖くなかった。麻里と出会ったときの自分は、死ぬつもりでいながら、まだどこかで死を恐れていた。だが、美久が生まれたことで死への恐怖感は消えた。誕生したばかりの美久は真っ白だった。まだ自分が自分であることもわからず、言葉もまったく理解できない。無だったものが、少しずつ感情を覚え、言葉を知り、知性を身につけ、バレエまで踊るようになっていく様子を比呂士は目にした。

そうだ、この子は無からやってきたのだ。自分自身も同じようにかつては無からやってきたのだ。そして、人が死ぬということは、自分が生まれ出てきた無へと戻るだけのことなのだ。その無の名前こそがニライカナイだ。

今度こそ、そこへ帰ろう。

だが、もう少しというところで、またしても比呂士の前にアマミクが現れた。

長い話を終えた後、比呂士は美久に向かって微笑んだ。

「もう大丈夫だよ。沖縄の神様が、まだニライカナイには来るなと言っているらしい」

比呂士の目には生気が戻っていた。美久は泣きながら比呂士に抱きついた。父もまた、自分と同じ見捨てられた人間だった。なぜいままで気づいてやれなかったのだろう。

縁側に座っていたタラーおじいが言った。

「ヒロシーよ。沖縄《ウチナー》には、命《ぬち》どぅ宝《たから》という言葉がある。命こそが宝。生きてさえいれば、きっといいことがある。戦世《いくさゆ》で地獄を見たワンが言うんだ、間違いないさー」

レミも言った。

「ヒロシーさん、行き詰まったときはいつでもこの家に来てね。おしゃべり《ゆんたく》して、飲んで食べて、カチャーシー踊りましょう」

「ありがたいです」と比呂士は笑顔を浮かべて言った。

学校から美久たちのスマートフォンに緊急メールが届いたのは、その直後だった。

学校付近の工事現場から第二次世界大戦のときのアメリカ軍の5インチ艦砲弾が3発発見された。リスクを鑑みて、翌々日に緊急の不発弾処理を行うため、学校は休校になる。部活動も一切禁止、とメールには書かれていた。

「世界大会の直前なのに、最悪のタイミングやっさ!」

頭を抱えるユーイーの横で、美久がぽつりとつぶやいた。

「私、久高島に行ってみたい」


不発弾の処理が行われる日、美久とユーイーと琉は尚ニーニーが運転するワーゲンバスに乗り込み、安座真《あざま》港まで行った。駐車場に車を置くと、4人は久高島行きのフェリーに乗り込んだ。船内では誰もが言葉少なだった。

久高島に着くと、レンタサイクルもあった。だが、美久の希望で歩いていくことになった。

「アプリで見たら、カベール岬まで徒歩44分って出てるさー」

ユーイーはスマートフォンを見ながら言ったが、美久は聞く耳を持たず、北に向かって歩きはじめた。男たちもそれに続く。ユーイーは仕方なく学校から持ち帰ってきたボロボロの麦わら帽子をかぶり、3人を追いかけた。

島には高い建物はなく、高木もないために日陰が少ない。道を歩くときは日差しの中に体がむき出しになる。4人は容赦ない太陽《ティーダ》の光に灼かれながら歩いた。

沖縄育ちの3人も、久高島に来るのは初めてだった。

「昔、ワンが久高島に行ってみたいって言ったら、おじいに止められたさー。あそこは軽い気持ちで行ってはいけない場所だって」

尚ニーニーが言った。

「おじい、今回はなんも言ってなかったがー」とユーイーが言った。

「軽い気持ちじゃないからだろ」

琉が低い声でつぶやくと、ユーイーは唇を尖らせた。

「ぬーよ。そんなん、リュウに言われんでもわかってるさー！」

最初のうち、ユーイーはマーチングの曲を口ずさみながら歩いていたが、しばらくすると「暑すぎて口の中が乾くー」と黙ってしまった。

途中、地図アプリを見て島の東側の道に日陰がありそうだと判断し、進路を変えた。幸い、東の道は3メートルほどの高さの木々が枝を広げ、影を落としていた。すでに汗だくだった4人は体も心も少し楽になった。

そのまま進んでいくと、目の前に立派なガジュマルが立っているのが見えてきた。いくつもの幹が複雑に絡まり合いながら一体となって上へと伸び、こんもりと広がった枝から無数の髭のような気根がぶら下がっている。その気根が雨のように見えるから、ガジュマルはレインツリーとも呼ばれる。

ガジュマルの下の木陰にはベンチが置いてあった。休憩するには絶好の場所だった。ただ、先客がいた。岩石のような大男が、木の根元にしゃがみ込んでいた。長い縮れ毛を後ろに垂らし、太い眉毛は1本につながっていた。赤ら顔の中にやけに澄んだ目が光り、4人を見ていた。

美久たちはその得体の知れない男が気になったが、それより疲労が勝り、ベンチに座って休息を取った。ユーイーは持ってきたペットボトル入りの水を口に含んだが、すっかり生ぬるくなっていた。

「ウチナーンチュが3人と、ヤマトンチュが1人かー」

不意に、大男が言った。体からは想像もできない、妙に甲高い声だった。

「アマミキヨのカベール岬へ行くんか？」

「だーるよー」とニーニーが答えた。

「して、ヤッターはシラタルとファガナシーの話は知ってるかー？」

男は難儀そうにフゥッと大きく息を吐いた。

「根引《ニービチ》きは知ってるさ。結婚のことさー。して、なんで結婚をニービチと言うか。シラタルとファガナシーは久高島の住人の始祖さー。いくつか説はあるやしが、シラタルは兄、ファガナシーは妹だったといわれてる」

尚ニーニーとユーイーは思わず顔を見合わせた。

「シラタルとファガナシーは久高島にやってきた。この小さな島にふたりきり。シラタルはファガナシーを妻にしようとした。ファガナシーのほうは、兄と夫婦になることを嫌がったさー。木の根っこにしがみついて拒もうとしたやしが、シラタルは根っこごと引っこ抜いて、夫婦になった。だから、結婚をニービチと呼ぶようになったわけさー」

ユーイーは男の話を聞くと、頬を赤らめた。

「そろそろ行こう」と琉は3人をうながして立ち上がった。「おじさん、またやー」

「いいかー。この島のもんは、たとえ石ころひとつでも持って帰ったらいかんさー」

男はのっそりと手を挙げ、左右に振った。

「あれはキジムナーだ」

男の姿が見えなくなってから琉が言った。

「ガジュマルの木に住む妖怪みたいなもんだ」と琉は美久のために改めて説明した。

本当に、あの男はキジムナーだったのだろうか。美久にはわからない。ただの酔っ払った沖縄の男にも見えた。しかし、この島では妖怪と出会ってもおかしくはないし、不思議なことが起こるかもしれないと思えた。月夜の晩に、奇跡的に父と母が出会ったように。

ニービチの話も美久の頭を離れなかった。

（キジムナーは、尚ニーニーとユーイーのことをわかっていてニービチの話をしたのかな……）

4人は無言で歩いていたが、ニーニーとユーイーの間には少しぎこちない雰囲気があった。

道をまっすぐ進んでいくと、白い一本道に出た。道端ではクバの葉が揺れ、パイナップルに似たアダンの実が鮮やかな黄色を帯びて熟していた。道沿いの茂みの中でガサガサと音がする。何かがついてきていることに美久は気づいていた。ウージの畑の中にいるのと同じものだろうか。それとも、さっきのキジムナーだろうか。だが、もはや美久は怖くはなかった。

ついに一本道が終わるところまでやってきた。

わずかな上り坂を越えると、目の前に海が広がった。比呂士の話のとおりだ。そこがアマミキヨ降臨の地、カベール岬だった。ゴツゴツした石灰岩の岩場の先は崖になっており、眼下には透き通った水色の波が打ち寄せていた。

「ここなんだね……」

美久はつぶやき、正面から吹いてくる海風に身を任せた。父と母が出会い、自分が母のお腹に宿った場所。すべての始まりの場所だった。

一方、ユーイーは東の方角に広がる海に目を向けていた。

「あの向こうにニライカナイがあるなら、ワンのお父もそこにいるば？」

ユーイーが言った。

「いるよ」と琉がきっぱりと言った。「カズヤーおじさんは、そこにいる」

ユーイーは頷いた。

「考えたやしが、ヒロシーさんとミークのお母がこの島でミークを……作ったんだとしたら」とユーイーは少し恥じらってから言った。「――ミークもウチナーンチュだば？」

「やっさー」と尚ニーニーが同意した。

「いや、ウチナーンチュもヤマトンチュも、わざわざ区別せんでいいんじゃないか？」

琉が言った。

「俺たち、一人残らずみんな、いつかはニライカナイへ帰るんだ。みんなおんなじさ」

「リュウ、それさー！」と急にユーイーが声を上げた。「今回のワッターのショー、《ザ・ワールド・イズ・ワン》！　世界はひとつ！」

「そっか。それをマーチングで伝えればいいんだね」と美久は笑顔になった。

すると、ユーイーがこう提案した。

「ミーク、19年前にここでヤーのお母が踊ってたんだろ？　せっかくやし、ミークも踊りー」

美久は少しためらったが、岩がゴツゴツしていないところを探し、立ってみた。母がいたのはここだろうか。そのとき、いったい何を考え、どんな踊りを踊っていたのだろう。狭い場所だから大きく動くことはできない。できることは限られている。

ゴムで髪をポニーテールにまとめた。片脚を後ろに引いて慎重に予備動作《プレパレーション》、左脚を軸にしてゆっくりターンしてみた。潮の匂いを帯びた風が耳元でびゅうと鳴った。

もう一度、ターン。その次は少しスピードを上げ、右脚を上げてフェッテしてみる。島が回る。海が回る。愛しい人たちの顔が通り過ぎていく。

（もう1回まわろう……もう1回……）

美久は夢中でターンを繰り返した。汗が額や首筋を流れた。いままで感じたことのない熱が足下から湧き上がってくる。と、そこで美久はバランスを崩して止まった。

「ここに来たからって、突然うまくはなれないね。アマミキヨが何か力をくれるんじゃないかって期待しちゃったけど」

美久は苦笑しながら言った。それでも晴れ晴れとした気持ちになれた。

「いいんじゃないか」と珍しく琉が微笑んだ。「キジムナーが言ってただろ。石ころひとつでも持って帰ったらいかんって。アマミキヨに何ももらわず、お前は俺たちと一緒に帰るんだ」

「うん。リュウ、ありがとう」

美久は海の向こうに目を向けた。やはりここに来てよかった。

帰りにガジュマルのところまでやってくると、あのキジムナーの姿はもうどこにもなかった。美久はなんとなくあの男にもありがとうと言いたかった。

18 パルクスタット・リンブルフ・スタディオン

1学期の終業式が終わり、夏休みが始まった。それは、西原高校マーチングバンドにとって世界音楽コンクールの始まりを意味していた。

夏休み1日目は軽い練習をした後、楽器をトラックに積み込み、長いミーティングをして終わった。大型楽器は、部員たちとは別にオランダへ運ばれていくのだ。

2日目の朝には、全部員はそれぞれ大きな荷物を持って那覇空港に集合した。

美久が家を出るとき、比呂士はさっぱりした顔で見送ってくれた。

「向こうでお母さんに会えるといいね」と比呂士は言った。

美久は少し考えてから、答えた。

「会えなくてもいいの。私は自分のやるべきことをやってくるよ」

「本当にいい仲間に出会えたね。美久、行っておいで」

美久が玄関のアルミのドアを閉めかけたとき、比呂士が呼び止めた。

「言い忘れてたけど、資金造成コンサート、見にいってたんだ」

「えっ、来てたの⁉」

「海で美久たちに救われて、そのときのこと思い出したんだよ。バレエをやってたときはいつも暗い顔をしていた美久が、コンサートでは西原高校の皆さんと一緒に、笑顔でいきいきマーチングをやっていた。美久がそんなに頑張れているならお父さんも諦めたりしたらダメだ、美久に負けないように精いっぱい生きようと思ったんだ。だから――また小説を書き始めたよ」

比呂士は少し照れくさそうに言った。

「それから、来月からはレミさんが働いてる店でもアルバイトとして働かせてもらうことになったんだ」

「そっか。お父さん、なんだか私も嬉しい」と美久は笑顔になった。「新しい小説のタイトルは？」

「書き上げるまでは内緒さ」と比呂士はウインクした。

美久は「じゃあ、楽しみにしてる！」と言うと、ドアを閉めた。

空港までは尚ニーニーがワーゲンバスで送ってくれた。駐車スペースで車を降りると、ニーニーが美久の前に立った。

「ワンよ、那覇の民謡居酒屋のステージで歌う仕事することになったさー。ヤーはもうすぐ18だろ？まだ酒は飲めんけど、一度店に聴きにきてくれ」

美久は頷いた。

いろいろなことがあった。そして、父も、ニーニーも、新たな道を歩き出そうとしている。

「次はよけられたりしない男になるさー」とニーニーが言った。

「なんだば、よけるって。ドッジボールでもやるば？」

そんなユーイーの言葉に、美久とニーニーは顔を見合わせて笑った。

「リュウ、ユーイーとミークのこと、頼んださー」

尚ニーニーは琉に言い、ふたりはグータッチを交わした。

那覇空港の集合場所にはマサが見送りに来ていた。

「俺の分も頑張ってくれよな。応援してるさー」

マサがスズカーに握手を求めると、部員たちがふたりを冷やかして指笛を鳴らした。

良吾先生の奥さんが赤ちゃんを抱いて来ており、「あれが噂の！」「先生にはもったいない奥さんさー」「あの赤ちゃんも20年後は先生のように……」などと部員たちは大騒ぎをした。

西原マーチングのメンバーはまずは国内線に乗り、関西国際空港に向かった。本番直前でのコロナ感染を防ぐため、全員がマスクを着用した。

美久は離陸した飛行機の窓から沖縄本島を見下ろすと、初めて沖縄にやってきたときに同じ景色を見たことを思い出した。あれからたった4カ月。信じられないほどたくさんの経験をした。まるで生まれ変わったような気持ちだった。

関西国際空港で国際線に乗り換えた。ドバイまで行き、そこでまた乗り換えて、ドイツのデュッセルドルフへ行く。飛行機に乗っているだけでも17時間の長旅だった。最初ははしゃいでいた部員たちも、デュッセルドルフ行きの機内ではおとなしくなっていた。

美久はたまたま良吾先生の隣の席だった。

「先生、高校時代はサックスがうまくて、沖縄では有名人だったんですよね」

「誰に聞いたば？　まぁ、ワンみたいなイケメンはいつも人から注目されて困るさー」

首のまわりにネックピローを巻いた先生は冗談めかして言った。

「プロを目指してたんですか？」

「おう。そのために大ファンだった西原マーチングに入ることも諦めた。東京の音大に行って、アメリカにも留学したさー。やしが、全然歯が立たんかった。日本に帰ってきてプロの真似事みたいなこともしたやしが、結婚もしたし、結局沖縄で先生することにしたさー。西原マーチングの顧問になれたのは偶然も偶然やっさ」

それから先生はポツリとつぶやいた。

「人生を賭けたことの才能が自分にはなかった。それを認めるのは、はらわたを抉られるような苦しみだったさー」

その言葉は美久の心にも染みた。

「先生、私、それよくわかります」

「だろうな。ワンはヤッターを初めて見たときから、同じもんを抱えてると気づいてたさー」

「私も、最初から良吾先生はいい先生だと思っていました。きっと先生には、人に教えるっていう才能があると思います」

「そうだば？」と先生は笑った。「人生、どう転ぶかわからんさー」

美久は頷いた。

「最初にブラスの演奏を聴いたときは、本当にゲロ吐くかと思ったさ。ワンが愛してた西原マーチングとは比べもんにならんほどレベルが低くてな。やしが、そっからあいつら《アッター》の努力はすごかった。特に、あのユーイーな。教師を教師とも思わず喰ってかかってくる根性、どこまでもまっすぐ突き進む素直さ。太陽《ティーダ》みたいなやつやっさ。ユーイーに引っ張られて、ブラスも、バンド全体も信じられんくらい成長した。昔の西原マーチングを超えてるかもしれん」

良吾先生は自分では口にしなかったが、マーチングバンドの成長は先生の指導があったからこそだと美久は思った。

「次の学校でも頑張ってください。先生なら、きっとそこでもいいバンドを育てられると思います。でも、その前にまずはオランダで世界一になりましょう」

「あきさみよー！　ヤーは、ちょっと前にビンタされて泣いてたイナグングヮか⁉」

先生が大げさに目を丸くした。

良吾先生が当初不安視していたようなウクライナの戦争の影響もなく、飛行機は無事デュッセルドルフに到着した。そこからはバスに乗り換えてケルクラーデに向かう。部員たちは国境を越えると聞いて相当な長旅を想像したが、オランダ南東部のケルクラーデはドイツとの国境の街であり、デュッセルドルフからは100キロほどしか離れていない。「那覇から沖縄本島最北端の辺戸岬《へど》に行くより近い」と先生に教えられ、想像していたのと違うヨーロッパの地理と距離感に部員たちは驚いた。

窓の外に広がる街並みや雄大な自然、牧場などを部員たちは興味深く眺めた。

「緑が違うね。沖縄のウージが懐かしいさー」とユーイーが隣の席の美久に言った。

美久も窓の外の景色に目を向けながら、沖縄を恋しく思っている自分に気づいた。

バスがケルクラーデに入ると、またしても部員たちは驚いた。市の中心部は世界音楽コンクール一色で、多数の飾りつけがなされており、お祭りのような雰囲気が漂っていた。

「ワッターが出るのはショー部門のチャンピオンシップ・ディヴィジョン。ほかにも吹奏楽やブラスバンド、パーカッション・アンサンブルとかいろんな部門がある。世界中からバンドや関係者、ファンが集まってくる一大イベントだわけさー」

先生の説明に、部員たちは頷いた。

「街頭パレードもあるやしが、残念ながらワッターは本番以外はすべて練習。ワンも初めての経験で若干ビビってるやしが、世界一を沖縄に持って帰ろう」

「はぁい!」と部員たちは声を上げた。

宿泊するホテルは、大会が行われるパルクスタット・リンブルフ・スタディオンに隣接していた。

バスがスタディオンの前を通るとき、思わず部員たちから「でーじデカい《まぎー》」と声が漏れた。沖縄にはない巨大な競技場で、部員たちの緊張感が高まった。

その日はホテルにチェックインすると併設のレストランに集まって食事をし、すぐ就寝になった。

翌日は朝からバスに乗り、練習場所として用意された屋外グラウンドに移動。夕方まで練習をした。風景も沖縄とまったく違うが、沖縄に比べて恐ろしく湿度が低かった。

「空気の重さが違うと、フラッグをトスしたときの感覚が違うから、気をつけよう」

ミッツがカラーガードのメンバーに注意をうながした。同行しているハルコーさんも、5年前の経験を活かしてあれこれアドバイスしてくれた。

パートごとの練習の間、良吾先生は荷物に忍ばせていた三線を取り出し、沖縄民謡を弾いていた。どこまでもマイペースな人だとユーイーは呆れた。

しばらくすると、先生はユーイーや琉、ベニーたちを呼んだ。

先生は目の前で三線を弾いてみせると、「響きの違い、わかるば?」と言った。

「沖縄で聴くより、音は遠くまで飛んでると思います」と琉が言った。「でも、軽く聞こえる気がします」

「そのとおり」と先生はニヤッとした。

思わずユーイーが「さすがリュウディキヤーさー!」と感嘆すると、琉は「その言い方やめろって言ったろ」と不機嫌な表情になった。

先生は言った。

「いいか。これが沖縄とはまったく違うクラシックの本場、ヨーロッパの空気と響きさー。この環境の中で、ヤッターがつくり上げてきたチンダミとハーモニーの正確さが物を言うわけよ。早く全員が空気に慣れるように、改めてきっちり基礎を徹底しれー」

「はぁい！」と3人は返事をした。

ユーイーは感心した。琉も先生もさすがだった。

すぐにドリル練習をしたい気持ちも山々だったが、ユーイーたちは先生に言われたとおりじっくりと基礎練習を行い、オランダの空気の中で自分たちの音がどう響くのかを確かめた。

午後になると、ドリル練習を始めた。部員たちは表面上は元気そうだったが、長旅の疲れがあるのか、ショーはいまひとつ精彩を欠いていた。ケルクラーデは朝晩は冷えるが、昼間はかなり気温が高くなる。沖縄とは種類が違う暑さにも体がついていかなかった。

翌日は、午前中は本番仕様のランスルーを繰り返し、午後はスタディオンで予選に出場した。午前中の練習で、美久はフェッテに苦戦した。足下の芝生は沖縄のものとは感触が違い、地面にも凹凸がある。ターンする美久は24回転を回りきれずにバランスを崩した。良吾先生はその様子を見てハルコーさんと相談し、予選のカンパニーフロントでは24回転は封印して資金造成コンサートと同じ「五割引き」と決めた。予選は通過することが第一の目的だからだ。

世界音楽コンクールは事前に聞いていたとおり、大人のバンドの参加が圧倒的に多く、高校のバンドは西原マーチングと台湾から来た高校だけだった。ヨーロッパの奏者たちは本番前後にタバコを吸い、ビールを飲んでいて、部員たちは驚いた。人数によるカテゴリ分けもなく、66人の西原マーチングは出場団体の中で最少人数だった。

ショーを披露するフィールドにも違いがあった。国内の大会では30メートル四方のエリアに5

メートルおきに目印となるポイントがあるが、パルクスタット・リンブルフ・スタディオンのフィールドに引かれたラインはヤード単位。ポイントが必要な西原マーチングは、ショーの前に自分たちでポイントをつけにいかなければならない。

各団体に与えられた時間は20分間ずつ。テープでポイントをつけにいき、ピット楽器を配置し、全員が行進しながら入場してショーを披露。そして、退場するまでの時間が20分だ。《ザ・ワールド・イズ・ワン》は約10分ほどにまとまるショーだから、時間内に収まるはずだったが、万が一タイムオーバーをすると1秒ごとに1ポイントずつ減点されるというルールになっていた。持ち時間がスタートしたら、いっときも気を抜けない。

予選が始まり、パルクスタット・リンブルフ・スタディオンのフィールドに出ると、ユーイーは芝生の緑の鮮やかさに目を奪われた。スタンドの座席は黄色。予選とはいえ、半分ほどが観客で埋まっていた。屋根には世界音楽コンクールに参加している国々の旗が揺らめいており、日の丸はちょうど中央付近にあった。

（世界音楽コンクール――音楽のオリンピックか。なんか本当に日本代表としてオリンピックに出場するみたいな気分さー）

ユーイーはそう感慨深く思った。

フィールド上に散らばった部員のみんなは落ち着いた様子だった。ただ、カラーガードの列にいる美久は浮かない表情をしている。カンパニーフロントが「五割引き」になったのを気にしているのかもしれない。だが、本当の勝負は2日後の決勝だ。予選は通過できればいい。

ふと、琉と目が合った。

東京で俺と暮らさないか――。

そう言われたときの記憶がよみがえってきた。ユーイーはまだ返事をしていなかった。

（いまは予選のショーだけに集中しよう）

良吾先生が指揮台に上がる。ユーイーは手にしたメロフォンをしっかり握りしめた。


予選の結果は夜に出た。西原マーチングは上位12チームに入り、決勝進出が決まった。しかも、トップ3で構成されるAグループに入り、くじ引きで出演順が大トリになった。

出番は2日後の夕方だった。スタンドで予選を見ていたケント先輩やハルコーさんからの情報によると、地元オランダの2チームと台湾の高校は強敵になるだろうとのことだった。オランダはいずれも大人のバンドで、小柄な部員が多い西原とは比べものにならないくらい体格が大きく、迫力ある音は会場に響き渡っていたという。地元のアドバンテージも大きい。一方、台湾の高校は、多くのチームがシンプルな行進を中心に演技する中で、西原と近いスタイルのマーチングで挑んでいた。直接比較されやすい相手だった。

「ワールドチャンピオンを目標にしてきたやしが、やっぱそんな簡単なもんじゃないねー」

夕食後にホテルの部屋に戻ると、ユーイーはベッドに身を投げだした。ツインルームで、ユーイーと美久が相部屋になっていた。

「ユーイー、これからカンパニーのソロの練習をしたいんだけど、付き合ってくれない？」

美久が言うと、ユーイーはガバッと飛び起きた。

「おぅ！　そのやる気、ジョートーさー！」

ふたりはホテルを出た。目の前には恐ろしく広い駐車場とショッピングセンター、道路があった。

だが、練習には芝生が必要だ。ちょうどいい公園や広場はどこにも見えなかった。

「もう、あそこでいいや！」と美久が指さした。

駐車場と道路の境界に低い街路樹が植えられている。その根元が芝生だった。フェッテをするにはギリギリの広さしかなかったが、贅沢は言えない。

美久は靴と靴下を脱ぎ捨て、セイバーを手にして芝生の上に立った。足の裏でその柔らかな感触を確かめる。

結局、ソロは決勝での一発勝負になってしまった。もしかしたら、明日と明後日の練習でうまくできなければ、また「五割引き」にされてしまうかもしれない。ギリギリまで、できるだけのことをしよう。

美久はその場でフェッテの練習を繰り返した。何度も何度も芝生の上でターンをする。芝生が傷んでしまう前に、少し場所を移動する。7月といえども、オランダの夜はぐっと気温が下がる。沖縄育ちのユーイーはTシャツからむき出しになった腕を手のひらでこすりながら、美久の様子を見守った。

車のドライバーたちが珍しそうに眺めながら通り過ぎていった。

と、不意に声が聞こえた。

「美久……？」

ホテルのほうからひとりの女性が近づいてきた。ほっそりしたスタイルを、白いシャツとブルーのパンツで包んでいる。顔の小ささと手足の長さが印象的だった。女性は目元を隠していた大きなサングラスを外した。

それは、室町麻里だった。

19　室町麻里

「よかった、会えて」

ホテルのラウンジでコーヒーを口にしながら麻里は言った。

「今日が予選だって聞いたから、見にきたの。終わった後、高校のみなさんを見つけられなくてね。ホテルのレストランで食事をして、もう帰ろうと思ってたのよ」

美久はどこを見たらいいかわからず、テーブルの上のカップをじっと見つめていた。セイバーはケースに入れて床に寝かせてある。

羽田空港で背を向けて去っていった母が、目の前にいた。ずっと母に会いたかった。その一方で、会いたくなかった。相反する思いが、美久の口を重くした。

「あんな暗いとこでよくミークに気づいたね。さすが母親さー」とユーイーが言った。「ワンはミークの友《どぅし》だちで、赤嶺唯衣《やいびーん》です」

「沖縄の方ね。美久がお世話になっています」と麻里は軽く頭を下げた。

「ミークも美人《ちゅらかーぎー》やしが、お母もでーじ美人やっさー」

「懐かしいわ、ウチナーグチ」と麻里は微笑み、また美久のほうを見た。「お父さんがケルクラーデの大会に美久が出るって教えてくれてね。さっき、道路で踊ってたでしょ？　真っ暗だったけど、美久の踊りはすぐにわかったわ」

通りかかった若いオランダ人の男が近寄ってきて、麻里に何か話しかけた。麻里はオランダ語で返すと、男は白い頬を紅潮させながらノートとペンをバックパックから取り出した。麻里はサラサラとサインし、返した。

「ありがとう《ベダンクトゥ》」と言って、男は去っていった。

その様子をユーイーは目を丸くして見ていた。

「……リオナはどうしたの」と美久は言った。

「彼女はアムステルダムに残って練習してるわ。いま、レベルの高いライバルたちの中で必死にもがいてる。日本を出るのが遅すぎたくらいだものね」

「勝手すぎない？」と美久は言った。

「えっ……？」

「どういうつもりで、いまさら私に会いにきたの？」

美久が下を向いたまま言うと、麻里は大きくため息をついた。

「会いたいから、会いにきたのよ。私ね、羽田であなたを送り出してから、ずっと後悔してたの。沖縄に行くのは美久の意志だ、そのほうが美久のためなんだって思おうとしてた」

ウェイターがコーヒーのおかわりはどうかと声をかけてきたが、麻里は断った。

「これでも私、いい母親になりたかったのよ。だから、オランダのバレエ団を退団したし、できるだけあなたのそばにいたかったから自宅をスタジオにした。でも、バレエをやっていると、どうしても母親じゃなくて、室町麻里になってしまう。室町麻里として存在したくなってしまう。美久にまで室町麻里と同じものを求めてしまう」

麻里はコーヒーを口に含んだ。

「あなたにはたくさんつらい思いをさせたわね。でも、羽田であなたと別れてオランダへ来てから、やっぱり私は何があってもあなたと離れるべきじゃなかった、オランダに連れてくるべきだったって気づいたのよ。あなたへの罪悪感でいっぱいだったから、電話をかけたりメッセージを送ったりすることもできなかった。こうしてあなたのほうからオランダに来てくれたのは、きっと何かの導きなんだと思う」

何かの導き――それもアマミクだと言いたいのだろうか。そんなのは嫌だと美久は思った。

「やっぱりお母さんは勝手だよ。いつも自分の気持ちしか考えてない」

「美久の言うとおりかもしれないわ」

「いまだってお母さんは母親じゃなく、室町麻里になってるじゃない」

「そう……そう見えるのね」

麻里はうつむいた。

気まずい沈黙が流れた。

「ミークのお母。ワッターは今日予選に出て、ミークもでーじ疲れてるさー。もうそろそろ休ませてやってくれんか?」

ユーイーが助け船を出した。

「そうね、ごめんなさい」

麻里はそう言うと、ウェイターを呼んでクレジットカードで支払いをした。それから美久の手をギュッと握った。

「美久、オランダに来て私と一緒に暮らすこと、考えてみてね」

麻里はサングラスをかけ、ホテルから出ていった。

美久は無言のままユーイーとともに部屋に戻った。そして、シャワールームに入り、頭から熱い湯をかぶりながら泣いた。その声はベッドで大の字になったユーイーにも届いていた。

翌日の練習では、美久は明らかに調子が落ちていた。

「どうするば？　今日も『五割引き』でやるか？」

良吾先生に聞かれ、美久は「大丈夫です。十割でやります」と力のない目で答えた。

ストレッチや基礎練習の後、本番仕様でランスルーを行った。

カンパニーフロントまで進み、《ウィー・アー・ザ・ワールド》が流れる中、美久はセンターでフェッテに挑戦した。横に並んだガードのメンバーがフラッグをトスしていくのとタイミングを合わせながら、セイバーを手にして左足を軸にターンする。だが、最初のミッツがトスするタイミングと美久のターンが合わなかった。「連続で回転しなければいけない」という意識が強すぎて、美久が早く動いてしまったのだ。その後もほかのメンバーとタイミングがずれ続け、美久は24回ターンするうちの10回目でバランスを崩して止まってしまった。

その後、美久はターンを再開できずに棒立ちになり、ほかの部員たちはとりあえずショーの最後までやりきった。

「ごめんなさい」と美久はみんなに謝った。

最後の見せ場であるカンパニーフロントの難しさは体力的なものもあった。そこまでの演技で疲労がピークに達した状態で大技をやらなければならないのだ。足に絡んでくる芝生にもエネルギーを削られる。呼吸も乱れている。

（黒鳥のグランフェッテだって、苦しいところで32回転するのに、私はたった24回も満足に回れないなんて……）

ふと、ブラスやバッテリーのメンバーの姿が目に入った。彼らも息を荒くし、こめかみに汗を滲ませている。体力的にきついのは自分だけではない。

「もう一度、カンパニーのとこから」と良吾先生が拡声器を使って言った。

ブラス、バッテリー、カラーガードがカンパニーフロントのポジションに戻る。再びブラスが《ウィー・アー・ザ・ワールド》の後半を演奏しはじめ、美久がターンを始めた。フラッグのトスとのタイミングは合っていたが、美久はターンする軸足の位置がずれていった。自分でも気づいてはいたが、立て直せない。昨夜会った母の姿が目の前をよぎる――。

と、隣でマキマキがトスしたフラッグのポールが落ちてきて頭を直撃した。乾いた金属の音が響き、美久は地面にへたり込んだ。

「ミーク、大丈夫かー!?」

駆け寄ってきたユーイーに、美久は「全然平気。なんくるないさー」と言った。側頭部が少しこぶになっていた。余計なことに気を取られた自分への罰かもしれない。

美久は立ち上がった。再びみんながカンパニーフロントのポジションに戻り、練習が再開された。美久はまたバランスを崩しながらどうにかターンを続けた。

「もう一度、カンパニーのとこから」

先生の指示に従い、やり直す。ターンにキレはなかったが、どうにか24回転をやり遂げた。その後、セイバーを投げ上げて2回転してからキャッチするのだが、投げたセイバーは美久の後方に行ってしまった。落下して跳ね上がり、リュウの足下に転がった。

「ごめん、当たらなかった⁉」

美久はリュウに駆け寄った。リュウは黙って頷いた。日に焼けた顔が汗に濡れている。息が上がってすぐに声が出せないのだと気づいた。まわりにいるみんなも腰に手を当て、うつむいたり天を見上げたりしながら疲れと戦っていた。

「私のせいでみんなが……」

「気にするな。お前は自分の演技のことだけ考えろ」とリュウは言った。

「うちら、ミークが成功するまで100回でもやるよー」とベニーが言うと、「100回は盛りすぎさー」とユートが突っ込みを入れてみんなが笑った。

良吾先生が言った。

「とにかく、このままじゃ埒が明かん。ブラスとバッテリーは10分休憩。金管は唇を休ませとけよ。ミーク、ヤーはハルコーさんにマンツーマンで見てもらえ」

美久は唇を噛みながらフィールドを出た。

（ミーク、昨日のお母とのことが気になってるば？）

ユーイーはその姿を心配そうに見送った。

と、急にみんながざわつきはじめた。派手なエンジン音を響かせながら純白のスポーツカーがやってきて駐車場に停まった。ドアを開けて出てきた人影はサングラスを外し、こちらへ向かって歩いてくる。

「誰だば？」

不審そうに見る良吾先生に、ユーイーは言った。

「室町麻里。ミークのお母さー」

「まさかやー！」と良吾先生は眼球がこぼれ落ちそうなほど目を見開いた。

ユーイーの言葉を聞いた部員たちは大騒ぎになった。

「ファッションモデルみたいさー」

「室町麻里って有名なバレリーナだろ？」

「あいえなー、ミークってそんなすごい人の娘ば！　どうりでバレエがうまいわけさー」

部員たちは口々に言いながら、室町麻里の姿に注目した。

麻里はまっすぐに美久に近づいてきた。

「お母さん……」

美久は力ない目で麻里を見た。ハルコーさんはただ黙って親子の様子を見守っていた。

「マーチングの演技の中でフェッテをするのね？　やってみなさい」

麻里の言葉で、美久の心は一気にあの東京のスタジオに引き戻された。

何度も何度も厳しい指導を受けたあの場所。マメを作り、くじき、倒れ、泣いた場所。数え切れないほどのトゥシューズを履きつぶした場所。目の前の室町麻里はどこまでも美しく、倉吉リオナの才能は輝きを放ち、鏡の中にいる自分だけが惨めに立ちすくんでいた場所。

「やりたくない」と美久はきっぱり言った。「お母さんの前では、絶対やりたくない！」

「そうごねてる間に、本番までの時間が減っていくわけね」

麻里が腕組みをしながら言った。それは厳然たる事実だ。そこに麻里がいようといまいと、練習はしなければならないのだ。

「やってみなさい」

有無を言わせぬ麻里の言葉に、美久はのろのろと動きはじめた。セイバーを手にして予備動作《プレパレーション》をし、1回ターンする。上げていた右足を戻すときによろけた。

「どうして1回でやめるの。続けてやりなさい」

麻里に言われ、改めて美久は連続ターンを始めた。だが、気持ちが入っておらず、集中力もなく、7回目でバランスを崩して止まった。手にしたセイバーがやけに重く感じられた。

「もう一度」と麻里は言った。

美久は言われたとおりやってみせた。

「もう一度。次は続けて」と麻里は言った。

「ミークのお母、押しが強すぎやしー。やっぱ世界で活躍する人は違うさー」

ユーイーが小声で言うと、隣にいた琉は無言で頷いた。

「もういいよ……」

美久はターンするのをやめると、両手を膝につき、息を荒らげながら言った。

「脚を振ろう、引き戻そう、顔をつけよう、なんて意識するのはすべてやめなさい」

麻里のきっぱりした言葉に、美久は顔を上げた。

「その重そうな道具を道具だと思わない。道具の先までが腕だと思って動かしなさい」

「もういいって言ってるでしょ！　私はお母さんみたいにできないんだよ！」

乾いた風の中に美久の悲痛な声が響いた。

「どうしてあなたにはできないの？　技術的にはできるはずなのに、なぜうまくいかないのかしら。あなたは何を恐れているの？」

麻里に言われ、美久は口をつぐんだ。

「踊りにはすべてが出るのよ。すべてを出さなきゃいけないの。美久、あなたが自分自身をどう思おうと勝手だけど、あなたはいまここにあるすべてで踊らなきゃいけないし、それをしないとあなた自身も、あなたのお友だちも裏切ることになるのよ」

麻里はゆっくり美久に近づくと、細い指先でそっと髪を撫で、頬を撫でた。美久の目から涙が溢れた。

「私……お父さんにもお母さんにも、ただそばにいてほしかっただけなのに。ふたりとも私に背中を向けて行ってしまう。私が室町麻里になれていたら、いまごろみんな幸せだったの？」

麻里は指先で美久の涙を拭った。

「やっぱり私は良い母親でもなければ、良い指導者でもなかったのね。美久、もういいのよ。あなたは室町麻里になる必要なんかない。自分を室町麻里と比べるのもやめなさい」

麻里は美久の腕をつかむと、まっすぐに立たせた。美久は目の前の母親を見つめ、幼い子どものように泣き続けた。

「私が十歳にもならないころ、通っていた教室の小さな発表会で炎を見たの」と麻里は言った。「ソロでフェッテをしてるとき、不思議な気分になった。自分の体が自分のものじゃない感じ。何もしていないのに、体が勝手に動いている感じ。足下からチリチリと熱いものが昇ってきて、全身を包んだ。技術のことなんて何も考えていなかった。ただ私は、その炎に身を任せて、ううん、私自身が炎そのものになって回り続けた――」

麻里は美久から離れると、ふっと笑った。

「最初で最後なのよ。あれからコンクールやオーディションで評価を受けて、海外のバレエ団でプリンシパルになっても、どんなに伝統ある劇場のステージでヴァリエーションを踊っても、二度とそんな経験はできなかった。区民会館の小さなホールで行われたその発表会が、私にとって生涯最高のダンスなの。でもね、まだ諦めてない。あのとき以上のダンスをいまも私は追い求めている」

麻里は美久に背を向け、車のほうへ歩きはじめた。美久の中で羽田空港の後ろ姿と、いまの麻里が重なった。

「お母さん！」

思わず美久は叫んだ。あのときは呼び止めることができなかった。麻里は美久の声に振り返ると、肩をすくめて苦笑した。

「美久、あなたは小さなころからレッスンを重ねてきた。技術は充分すぎるほど持っているのよ。沖縄のお友だちともたくさん練習したのね？　あなたはあなたの炎を追い求めなさい。鷹栖美久になって、鷹栖美久のダンスをしなさい」

遠ざかり、車に乗り込む麻里の姿を美久は見つめた。涙は止まった。純白のスポーツカーが走り去ったときには、美久の体のこわばりは解けていた。その代わりに不思議な力が湧き上がってくるのを感じた。

「ヤーのお母は魔法使いさー！」

夕食の後、ホテルの部屋に戻ると、ベッドの上であぐらをかいたユーイーが言った。

麻里がいなくなった後、美久のフェッテは見違えるように良くなった。練習場は暗くなりかけていたが、最後にみんなと一緒に合わせたドリル練習では最後までばっちり演技ができた。24回転を終え、投げ上げたセイバーをしっかりとキャッチしたとき、みんなの気持ちも一体となって高まるのを感じた。

麻里との会話は自分にとってとても大切なものだった。ただ話をしただけなのに、美久の演技は別人のように変わった。

やはり室町麻里は偉大なバレエダンサーだったのだと美久は思った。

「いよいよ明日は決勝やっさ」とユーイーは言った。

「うん」

「世界一になるために、さっさと寝るよー！」

ユーイーはそう言うと、明かりを消した。そのくせ、すぐに美久のベッドにゴソゴソ潜り込んできた。ユーイーは掛け布団を引っ張り上げ、自分と美久をすっぽり包んだ。真っ暗な中、お互いの顔の輪郭がうっすら見える。お互いの熱い息がかかる。

「早く寝るんでしょ？」と美久は抗議した。

「ミーク……」と真剣な声が闇の中で聞こえた。「ヤーが好きなのは誰だば？」

美久は口をつぐんだ。心臓の音が響き出す。まるでエイサーのパーランクーが自分の胸の中で鳴っているみたいだ。

「私が好きなのはリュウだよ」と美久は思い切って口にした。「でも、リュウはユーイーが好き」

美久が言うと、ユーイーの喉がクッと鳴るのが聞こえた。

「ミーク、ワンが好きなのは尚ニーニーさー。やしが、尚ニーニーはミークが好き」とユーイーは言い、少し間を空けてから続けた。「人の心《くくる》はうまくいかんもんやさー」

「だからよー」

美久が言うとユーイーがプッと吹き出した。

「なんで？　おかしくないでしょ？」

「おかしくないけど、おかしいさー」

ふたりは布団の中で笑い合った。

「ワンはリュウのことも好きやっさ。ミークも、尚ニーニーのことも好きだろ？」

「……うん」

「ワンはリュウから、東京に行って一緒に暮らそうって言われたさー。やしが、ワンにはまだわからん。どうしたらいいのか、全然わからんさー！」

ユーイーが布団を蹴り上げた。新鮮な空気が美久の肺に滑り込んできた。美久の目の前にユーイーの顔があった。なんて素直で明るい、太陽《ティーダ》みたいな子だろうと思った。

美久はユーイーをじっと見つめて言った。

「ねぇ、私はユーイーのことが大好き。ユーイーも美久が好き？」

「ワンは自信があるよ。ニーニーよりも誰よりも、美久をいちばん好きなのはワンやっさ」

「嬉しい。私たち、好きな人がたくさんいて、大好きなマーチングをやっていて、幸せだね」

「だからよー」

ユーイーが言い、ふたりは大笑いしながら自然と抱き合った。人を抱きしめると、その人を感じることはできるけれど、その人を見ることはできなくなるのだということ、その代わりに相手の温かさと鼓動をはっきり感じられるのだということを美久は初めて知った。

ホテルはパルクスタット・リンブルフ・スタディオンに隣接している。美久はユーイーの肩越しにホテルの白い壁を見つめた。その向こうに決戦の舞台がある。

美久は言った。

「私ね、何のためにバレエをしてるのかわからなくなってたの。お母さんに認められたかった。お母さんが望んでるみたいに第二の室町麻里になりたかった。それが無理だとわかってから、バレエをやる意味を見失っちゃったの。でもね、初めてユーイーと出会ったあのときの海で、私、気づいたら何も考えずに踊ってたんだ。いまならわかる。私、バレエが好きだったの。お母さんみたいにはなれなかったけど、バレエは私のすべてだった。バレエがユーイーやみんなに出会わせてくれた。私、やっとそれを自分で認められたよ」

ユーイーが頷くのを美久は肩で感じた。

「明日はみんなで必ず世界一になろうね」

「うん、ワッターはかんなじワールドチャンピオンになるさー」

「もう寝なきゃね」

「うん。ミーク、おやすみ」

「おやすみ」

ふたりはひとつのベッドに並んで寝た。それは穏やかで深い眠りだった。

だが、決勝当日の早朝、その眠りは思いもしない形で破られたのだった。

20　炎の後で

誰かが激しくドアを叩く音を聞き、美久は飛び起きた。反射的に、寝過ごしたと感じた。だが、何かが違う。意識のどこかですでに違和感に気づいていた。

ベッドサイドに置かれたふたりのスマートフォンが両方とも同時に着信していた。

ドンドンドンとドアは叩かれ続けていた。美久の脳は急速に状況を把握した。遠くでけたたましくベルが鳴り、焦げた匂いが漂ってきている。

「ユーイー、起きて！」

火事、と言いかけて思いとどまった。レミさんに聞いた話を思い出した。ユーイーの父親は火事で亡くなり、それがユーイーの心の傷になっている。いま動揺させてはいけない。

「ミーク、なんね……？」

ユーイーはのんきに目をこすり、あくびしながら上体を起こした。

「いい、ユーイー？　ちょっと面倒なことになってるの。私がユーイーを安全なところまで連れていくから、私を信じて、何も考えずに歩いてね」

美久は返事も聞かずにベッドのシーツを剥がし、ユーイーを包み込んだ。ドアの音は続いている。開けると、煙った廊下にタオルで口元を押さえた琉がいた。

「リュウ、ユーイーをお願い！」

「お前もついてこい」と琉は言った。「火事は最上階らしい。慌てずに逃げれば大丈夫だ」

琉はシーツにくるまれたユーイーの体を抱いた。

「あっ、衣装や手具が……！」

ユーイーのメロフォンも部屋の中だ。

「いまは何も持つな！」

部員たちやほかの宿泊客が続々と非常階段に向かう中、美久たちも下の階へと避難していった。途中、ホテルの従業員が何か言いながら誘導していたが、オランダ語はまったく理解できなかった。激しく咳き込みながらも、美久は琉たちの後を遅れないようについていった。

外に出ると、ホテルの前の駐車場に多くの宿泊客が集まっていた。すでに消防車が何台も停まり、消火活動の準備が慌ただしく始まっている。

「えっ……」

美久は振り返って、言葉を失った。ホテルの最上階から炎が出ていた。まるでホテル全体が巨大なロウソクになったかのように早朝の空に火が立ち昇り、黒い煙を撒き散らしていた。

琉はシーツに包まれたユーイーを抱きしめたまま駐車場に座り込んだ。そのまわりに部員たちも集まってきた。どうやら全員無事らしい。

「こんなことって、あるかー？」とユートがホテルを呆然と見上げて言った。

「うちらの楽器が……」とスズカーが目を潤ませた。

「決勝、どうなるわけ?」と普段は冷静なベニーも動揺していた。

ホテルの従業員がペットボトルの水を配っていた。美久は受け取りにいくと、「ユーイーに飲ませてあげて」と琉に手渡した。琉がシーツをめくると、涙で顔をびしょびしょにしたユーイーが現れた。呼吸は荒く、不規則で、目は虚空を見つめていた。

「リュウ、お父が……お父が燃える……」

「とにかく、水を飲め」

琉はペットボトルをユーイーの口元に持っていき、一口含ませると、またシーツで覆い隠して抱きしめた。ユーイーの体はシーツの中で激しく震えていた。

5年前の沖縄でも、きっと琉は同じようにユーイーを抱きしめていたのだろうと美久は思った。ユーイーの心の暗がりを見た気がした。

良吾先生がみんなのところにやってきた。

「えー、安心しろ。ヤッターの楽器や衣装はワンやケント先輩たちが消防隊に手伝ってもらって1階まで運んだ」

みんなはホッと胸を撫で下ろした。

「すごい火で、煙も出とるやしが、いまのところ最上階以外には火は回っとらんらしい。不幸中の幸いさー」

「先生、決勝は……」とベニーが聞いた。

「まだわからん。とにかく、少し待ってれ」

先生はそう言うと、琉とユーイーのほうを心配そうに見た。

ホテルの防火装置や消防隊の尽力で、あんなに大きく燃え上がっていた炎は1時間も経つと消え、ガラスが抜けた窓からチロチロと黒煙が上がる状態になった。

部員たちの間にはもうさすがに決勝は無理だろうという雰囲気が漂っていた。異国の地での火事騒ぎで心身ともにぐったりしている者も多かった。ユーイーは落ち着きを取り戻し、シーツから頭を出していたが、普段はあんなに生命力に溢れている顔に生気がない。日に焼けた肌も蒼ざめて見えた。

しばらくして良吾先生が戻ってきた。部員たちは気だるそうな目を先生に向けた。

「さっき連絡があった――決勝、開催が決まったぞー！」

部員たちは「えーっ⁉」「マジかー！」「あきさみよー！」と声を上げた。

「全体のプログラムが2時間繰り下げになる。楽器も衣装も無事だし、立て直す時間はたっぷりあるぞ」

どうせホテルの部屋にはしばらく戻れない。この時間を練習に使うのだ。部員たちは観光業者が急遽手配してくれたバスに楽器や衣装などを詰め込み、乗り込んだ。ユーイーも琉に付き添われながらシートに腰を下ろした。バスはエンジンを轟かせ、黒煙を上げるホテルから離れていった。部員たちは車内で朝食代わりのサンドウィッチを食べ、練習場に降り立った。

衣装やフラッグには煙の匂いがついてしまったが、楽器はほぼ無傷だった。部員たちは練習の準備をしたが、まだドタバタの余韻から抜け出せていなかった。

「えー、西原マーチング！　どうした！」

良吾先生が部員たちに向かって声を上げた。なんと手には三線を持っていた。部員たちの楽器や衣装だけでなく、自分の三線もしっかり部屋から持ち出していたのだ。

「イーヤーサーサー！」

唐突に良吾先生が叫ぶと、数人が困惑しながら小声で「ハーイーヤー」と応じた。

「イーヤーサーサー！」

もう一度先生が叫ぶと、「ハーイーヤー！」と応じる声が増えた。

先生はユーイーのほうに近づいていき、「イーヤーサーサー！」と叫んだ。ユーイーは戸惑いながらも、「ハーイーヤー」と言った。先生は満足そうにニンマリ笑った。

「中国の冊封下にあった唐《とう》の世《ゆ》、琉球処分に始まる大和世《ヤマトゥーゆ》、第二次世界大戦に巻き込まれた戦世《いくさゆ》、戦後アメリカ軍に統治されたアメリカ世《ゆ》……。ウチナーンチュはつらい時代をいくつもくぐり抜けてきたわけさー。だから、ワッターも負けないどー！　イーヤーサーサー！」

部員たちは「ハーイーヤー！」と大声を上げた。その中には美久の声も、琉の声も、ユーイーの声も混じっていた。

「喜びも悲しみもカチャーシーさ。《唐船ドーイ》、いちゅんどー！」

良吾先生は勢いよく三線を奏ではじめた。

唐船《とうしん》ドーイ　さんてーまん　いっさん走《ばー》えーならんしや
ユイヤナー　若狭町村《わかさまちむら》ぬ　サー　瀬名波《しなふぁ》ぬタンメー
ハイヤセンスルユイヤナ　イヤッサッサッサッサッ……

先生の三線と歌に合わせ、部員たちは楽器や手具を手にしたままカチャーシーを踊った。

先生が三線を弾き終えたとき、いつもの西原マーチングらしい活気が少し戻ってきていた。

「どうだ、気分は？」

琉がユーイーに言った。

「リュウ、ヤーのおかげで助かったさー」とユーイーは答えた。

「お前は大丈夫だ。いつでも俺がついてる。だから、西原マーチングの部長としてしっかりしれ」

そうだ、あのときも琉はそばにいてくれた。燃え盛る工房の前でユーイーを抱き締めてくれた。

「言われんでも、しっかりするさー！」

ユーイーが笑顔で言うと、琉も笑みを浮かべて頷いた。

琉は「ちょっと待ってろ」とユーイーを残し、先生のところへ行った。

「良吾先生、提案があるんですが――」

21　いちゅんどー！

夏の西日が残る午後6時40分。世界音楽コンクール、ショー部門、チャンピオンシップ・ディヴィジョン。

エントリーナンバー12番。上原良吾先生と西原マーチングの66名はパルクスタット・リンブルフ・スタディオンのゲートに立った。

ブラスとバッテリーは白地に赤いラインの上着に赤いパンツを身につけ、大きな赤い羽根をつけたマーチングハットをかぶっている。チューバとバッテリーはハットなし。西原マーチングの伝統の衣装だ。

カラーガードだけは別の衣装で、金色のラメが入った左肩を露出するワンショルダーのトップスに黒いパンツ。髪型はポニーテールで統一していた。リンカーがメンバーに濃いめのメイクを施し、目元にはラインストーンをつけていた。

持ち時間は20分。ブラスのうち18人がフィールドにポイントを表すテープをつけるためにフィールドに出ると、タイムのカウントがスタートした。オランダ人の男性司会者が登場し、スタンドに向かってマイクでしゃべりはじめた。テレビカメラも回っているらしい。

「何て言ってるば？」とイズーが聞いた。

チエーが「こんにちは《ハイタイ》、みなさん《ぐすーよー》、よろしくお願いします《ちゅーうがなびら》、でしょ」と投げやりに答えると、「絶対違うやっし！」とイズーは横目で睨んだ。

「ふん。イズーはポニーテールにしてメイクすると、本物のチョンダラーみたいだねー」

チエーはからかったが、イズーは腰に手を当てて胸を張った。

「今日、イズーは世界一のチョンダラーになるわけさー。楽しみにしとけー」

ふたりの様子を見て、ミッツはホッと息をついた。

「緊張してるかと思ったけど、今年の1年生は心配無用みたいだね」

「いつの間にかタフになったな」とリンカーは笑った。

美久はブラスの列の中にいるユーイーに近づき、肩を抱いた。

「ユーイー、大丈夫？」

「ありがとう《にふぇーでーびる》。どうにか立ち直れたさー」

ポイントの設置が終わり、カラーガードは手具を、ピットは楽器をセッティングするために先にフィールドに入っていく。

「ミーク、行くよ！」

ミッツに呼ばれ、美久はユーイーから離れた。

「それじゃ、ユーイー、向こうで待ってるね」

美久はポニーテールを弾ませながら、鮮やかなグリーンのフィールドに駆け出していった。

数種類のフラッグやライフル、セイバーを抱えて遠ざかっていく美久の背中をユーイーは見送った。

部着を着ているとわからないが、体の線がくっきり出る衣装を着た美久の体は同性のユーイーでも惚れ惚れするくらい均整が取れていた。本当に美久は室町麻里の娘なのだと思った。

フィールド上ではピットが慌ただしく楽器を並べている。少し手間取っているようだ。

「タイム、大丈夫だば？」

ユーイーは近くにいた琉に言った。

「心配いらんだろ」

「なぁ《えー》、リュウ。ミークがヤーのこと好きってよー」

琉は横目でユーイーを見ると、平然とした顔で「知ってる」と答えた。

「なんかー！　オランダまで来てもヤーはリュウディキヤーか。めっちゃ《しに》ワジワジする！」

ユーイーは昨夜の話を思い出した。美久はリュウが好き、リュウはユーイーが好き、ユーイーは尚ニーニーが好き、尚ニーニーは美久が好き……。

でも、美久に言ったとおり、美久のことを誰よりも好きなのは自分だという自信がユーイーにはあった。中城村の海岸で初めて出会ったのは、きっと偶然ではなく、アマミクの導きだ。

高校を卒業したら、美久はオランダへ行ってしまうのだろうか？　自分は、琉と一緒に東京へ行くことになるのだろうか？　それとも、どちらかが尚ニーニーと……。

それぞれの道は、まるでカベール岬に突き当たったかのように先が見えない。無数の可能性の海が広がるばかりだ。

(今日、ここでケリをつけよう。そしたら、先が見えてくるはずさー)

ユーイーはメロフォンを握りしめた。

いよいよブラスとバッテリーが入場するときが来た。良吾先生が前に立つ。

「さあ《だぁ》、全力でカチャーシーするかー。西原マーチング、いちゅんどー！」

良吾先生が声を上げると、ブラスとバッテリーが「うぉぉ！」と雄叫びを上げた。まるでエイサーの始まりのようだった。

バスドラムが刻むテンポに合わせてブラスとバッテリーは2列縦隊で行進し、フィールドに入っていった。先生は最前列中央に設置された指揮台へ向かう。スタンドから拍手が送られた。ハルコーさんやケント先輩、わざわざ応援に来てくれた沖縄の人たちから「西原ファイトー！」の掛け声や指笛の音が飛んだ。スタンドには国籍のわからない観客がたくさんいた。

司会の男性はさっきからずっと何かをしゃべり続けている。「ニシハラ・ハイスクール・バンド」

「オキナワ」「ジャパン」だけは聞き取れた。

ユーイーはフィールドを行進しながら、後方のスタンドに目を向けた。黄色い座席がずらっと並び、その上に屋根がかぶさる。さらにその向こうにホテルのルーフ部分が見えていた。すでに煙も出ていなかったが、火事のせいで窓や壁が煤けているのがわかった。

炎に包まれた琉球ガラスの工房の記憶が呼び覚まされた。

現実にそれを目にしたのか、いまとなってはユーイーも確信が持てない。ただ、記憶にあるのは、業火の中でドロドロに溶けていくガラスと父の影。叫びも聞いた気がした。

ホテルと工房の火事の記憶が重なり、ユーイーは足がすくみそうになった。

（ユーイー、しっかりしれ！　ヤーは西原マーチングの部長さー。これからワールドチャンピオンになるチームのリーダーさー！）

ユーイーはそう自分を鼓舞した。

全員が初期の配置についた。ブラスはフィールド上にバラバラに立ち、その横で10人のバッテリーが直線を作る。ピットは奏者それぞれが担当楽器の前に立っている。カラーガードはピット楽器の後ろに手具一式を置き、横一列に並んだ。

もうあとわずかで決勝《ファイナル》のショーが始まる。

と、不意にユーイーの意識から現実感が消えていった。自分はいったいどこにいるのだろう。本当にオランダにいるのだろうか。それとも、まだ沖縄にいて、夢でも見ているのだろうか。明らかに頭が混乱していた。オランダにいるに決まっている。けれど、この奇妙な感覚は何なのだろう。ユーイーは目の前にある風景を以前にも見たことがある気がした。

そんなとき、ユーイーの目に飛び込んできたのは美久の姿だった。

少女は輝いていた。そこにだけスポットライトが当たってでもいるかのように。沖縄開闢《かいびゃく》の神話に登場する女神から名前をとられた少女。初めて出会ったころは貧弱だった体は、たった4カ月で健康的なしなやかさを備えるようになっていた。精神的にも大きく成長した。

（ミーク――やっぱアンタ《ヤー》はニライカナイから来た神様だば？）

正面から強い風が吹いてきた。ユーイーはまぶたを閉じた。風が吹き去ってから目を開く。

そこはやはり緑の芝生の上だった。

これは夢でも何でもない。いま、西原マーチングは世界一に挑もうとしている。

（よし、いちゅんどー！）とユーイーは心の中で声を上げた。

いつになく硬い表情の良吾先生が指揮台に上がる。スタンドに向かってお辞儀をすると、拍手や指笛が響いた。静まり返ったスタディオン。先生はフゥッと息をつき、両手を構えた。

先生が指揮を開始し、西原マーチングのショー《ザ・ワールド・イズ・ワン》が始まった。

ドラムセットが4ビートのリズムを叩き、ほかのピットのメンバーが手拍子をする。カラーガードの7人は笑顔で動き出し、ボディワークを始めた。7人の動きはよく揃い、ラインを作ったときも乱れがなかった。

ユーイーはメロフォンを構え、1曲目《ロリポップ》のメロディを10人ほどの奏者とともに奏でた。思った以上に音がよく飛んでいる。途中からメロディをトランペットが引き継ぎ、全員が演奏に加わった。それと同時にブラスは初期位置から移動を始め、フィールドの中心にひし形を形成した。そして、フォルテッシモで《ロリポップ》を奏でながら、ひし形をぐるっと90度回転させる。

音の迫力と正確な動きが両立した西原マーチングの一糸乱れぬパフォーマンスに、さっそく客席から拍手が起こった。

続いて、ショーは2曲目《ロコモーション》へと移行する。陽気なオールディーズの名曲で、知っている観客が多いようでスタンドが沸いた。この曲の間、美久たちカラーガードはピットの後ろ側にしゃがみ、フラッグを準備して待機する。

いつものように裸足だ。美久は足の裏で芝生と地面の感触を確かめた。

ここから力をもらって演技するのだ。

「ミーク、調子はどう？」

隣にいたミッツが声をかけてきた。

「でーじ最高！」と美久は笑顔で答えた。

目の前ではブラスが凄まじい音で演奏を続けている。ユーイーと目が合った。美久が親指を立ててみせると、ユーイーは帽子のつばの下でウインクをした。琉はいつもどおり冷静な表情で、肩に担いだチューバから低音を響かせていた。

曲が《ロコモーション》から3曲目、プレスリー《好きにならずにいられない》に変わる瞬間、フラッグを持ったガードはフィールドに飛び出していった。最初の見せ場、プッシュが始まるのだ。逆V字になって前進しながら演奏するブラスの前で、6人はフラッグを振りながら舞い、センターではミッツがセイバーでソロを演じた。ミッツは難しいセイバーを軽々と扱いながら美しく踊り、最後は高くトスしたセイバーをきれいにキャッチした。客席から拍手や歓声が飛んだ。

あの観客席には、きっと室町麻里がいる。美久を見つめている。でも、もう美久は鏡の中の自分に幻滅している少女でも、立ち去る母の背中に何も言えない少女でもない。バレエをしていたころよりも少し筋肉がつき、何度も皮が剥けた手のひらや足の裏は硬くなり、チュチュが似合っていた真っ白な肌もうっすら日焼けしている。こんなにたくさんの仲間たちに囲まれている。

美久の意識から室町麻里が消えていった。

4曲目の《ヴァケーション》では、お馴染みのメロディに客席から手拍子が巻き起こった。カラーガードは初心者組を除く4人がフィールドに出て、ライフルで演技をした。美久はイズーやチエーとともにピットの後ろにしゃがみながらその様子を見守った。

（みんな乗ってるなぁ）

美久は思った。バッテリーやピット楽器からも熱い躍動感が伝わってくる。カラーガードではまだ誰も手具をドロップしていない。ノーミスだ。

曲の途中でミッツたちが戻ってきて、ライフルを置き、フラッグに持ち替えた。美久たちもフラッグを持ち、今度は全員でフィールドに出ていく。目まぐるしくフォーメーションを変えるブラスの間をすり抜けながらフラッグを振り、全員で同時にトスした。キャッチは全員成功だった。

（あぁ、マーチングってなんて楽しいんだろう！）

美久は裸足の足の裏で66人の仲間たちと先生の存在を感じた。喜びが湧き上がってくる。

《ヴァケーション》が終わると、喝采が巻き起こった。

スズカーが楽器をフリューゲルホルンに持ち替えた。一転して静かな雰囲気の中、スズカーは5曲目のチャールズ・チャップリンの《スマイル》をソロで奏でた。マサに託されたソロだ。そのまわりではサクラーとマキマキの2年生コンビが曲調に合った優美な踊りを披露した。

（スズカー、あなたのソロはきっと沖縄のマサにも届いてるよ）

美久は心の中でスズカーにそう語りかけた。

《スマイル》の後は、今度はピットとバッテリーがアップテンポのリズムを刻み、6曲目の《ティティナ》が始まった。カラーガードの7人は金色のハットを手具の代わりに使いながら演技をした。途中、6人がフィールドを外れ、1人だけが残ってソロを続けた。イズーだ。

小柄で丸っこい体型のイズーだが、見た目からは想像できないキレのあるダンスを披露した。そのパフォーマンスに客席からは拍手や指笛が響いた。良吾先生の指揮にも力がこもってきた。

次の7曲目もチャップリンの《テリーのテーマ》だ。演奏はピットとバッテリーだけ。ブラスは動きでパフォーマンスし、ミッツ・リンカー・サクラー・マキマキの4人がライフルで演技する。全員が同時にライフルを投げ上げ、キャッチ。さらに、ミッツがセンターでもう一度ライフルを高く投げ上げ、しっかりと受け止めた。客席から「フーッ！」と歓声が聞こえた。

美久はフィールドの外でしゃがんで待機しながら、ユーイーの様子を窺った。姿勢、脚の運び、メロフォンの音にも生命力がみなぎっていた。さすがユーイーだ。

ブラスはフィールド上に対角線を描いて並ぶと、《テリーのテーマ》のメロディを吹きながら前進した。美久はほかの6人とともにフラッグを持って出ていき、旗をなびかせながら演技をした。

2つ目の見せ場、セカンドプッシュだ。会場のテンションがどんどん上がっていく。

と、音楽が止まる。一瞬で空気が切り替わり、叙情的なイントロが流れはじめた。8曲目《ウィー・アー・ザ・ワールド》だ。

前方ではトロンボーンとユーフォニアムのふたりが二重奏《デュエット》でメロディを吹く。そのまわりをミッツがまるで戯れる蝶のように舞った。途中からリンカーも加わって、演奏とガードがそれぞれにデュエットを披露した。

（ミッツとリンカーは本当にすごいなぁ！　私にはあんな表現力はない。だけど――）

美久は2本のフラッグを両手に握りしめ、イズー、チエーとともにフィールドの演技に加わった。今度はふたりのトランペット奏者がメロディを吹いた。ひとりはスズカーだった。スズカーはマサの不在を感じさせない立派なトップ奏者になっていた。

その後、サックス隊のメロディを挟み、ソロでメロディを吹きはじめたのはユーイーだった。大らかで美しい音がフィールド上に素直に伸びていく。まるでユーイーそのもののような音、ユーイーの思いが形になったような音だと美久は思った。目に涙が滲んできた。

ユーイーのソロが終わったとき、フィールドの外で待機していた美久は、思わずユーイーに向かって「でーじジョートーさー！」と声を上げてしまった。

「ミーク先輩、やばい」と横でチエーが言い、イズーがプッと吹き出した。

美久はもう細かいことは気にならなかった。ショーという大きなうねり、大きな流れの中に自分も乗っているのがわかる。ジョートー。みんな、ジョートー。あとは自分が決めるだけだ。

いまこそ自分は鷹栖美久に――ミークになろう！

演奏がさらにテンションを増し、クライマックスが近づいていることを観客たちに伝える。ブラスとバッテリーはそれぞれ横一直線になり、フィールドいっぱいに広がった。

「いちゅんどー！」

美久は叫ぶと、セイバーを手にしてフィールドのセンターに駆け出していった。

周囲にはフラッグを持った6人のガードの仲間たち。《ウィー・アー・ザ・ワールド》のサビのメロディを全力で奏でながら、美久たちの背後からブラスとバッテリーが前進してくる。

最大のクライマックス、カンパニーフロントだ。

大きな紫色のフラッグがはためく中心で美久はセイバーを両手でスピンさせ、助走をつけてジャンプ、前方倒立回転をした。すべて成功だ。歓声が聞こえたが、まだまだここからだ。

ブラスやバッテリー、ピットの演奏は最高潮に達していた。全力で楽器を奏でる奏者たちの前にカラーガードが並ぶ。

美久はセイバーを持ってその中央に立つと、片脚を後ろに引き、予備動作《プレパレーション》をした。指揮をしている良吾先生と一瞬目が合った。

（先生、いきます！）

美久は視線でそう伝えると、左脚を軸にフェッテの助走となるピルエットで2回転した。そして、ミッツがフラッグをトスするのと同時にフェッテを開始した。ミッツの次にチエー、マキマキ、サクラー、イズー、リンカーとフラッグが宙を舞う。美久はセイバーを手にしてターンを繰り返した。

不思議だった。体が自然に回ってくれる。呼吸も苦しくない。

フラッグのトスは今度はリンカーからミッツへ、逆方向に流れていく。美久にはみんなのフラッグが回転し、パシッと手に収まるのがはっきりわかった。前方で演奏するピット、後方からゆっくり前進してくるブラスとバッテリーの音もくっきり聞こえていた。

みんなの思いが伝わってくる。それを美久のターンが力強くかき混ぜる。沖縄に来てからいままでのこと――ユーイー、琉、尚ニーニー、比呂士、三線と太陽、マーチング……すべてが混ざり合い、溶け合っていく。沖縄に来る前のことも、美久のフェッテが作り出す渦の中に引きずり込まれていく。すべてが渦の中でひとつになり、広大な海になる――そんなイメージが広がった。真っ青な南の海だ。美久はその中に小さな島をひとつ作り、そこに降り立つ。

美久は夢中でターンを繰り返しながら、両親のもとに生まれたことも、バレエで苦しい日々を過ごしたことも、沖縄にやってきてユーイーやマーチングバンドのみんな、良吾先生、尚ニーニーやレミやタラーおじいと出会ったことも、何もかもがこのとき、この瞬間のためにあったことのような気がした。涙で目が潤んだ。

(あぁ、お母さん、わかるよ。これがお母さんの言ってたことなんだね。私にも感じられたよ――！)

足下から喜びの快感が湧き上がってきた。久高島の岬で踊ったときにわずかに感じた熱が美久の体全体を包んでいく。回転する視界の中でブラスやバッテリーの衣装の赤が炎のように見える。

(もう、このまま死んでもいい！　私の全部を燃やし尽くそう！)

美久は思いのすべて、命のすべてをかけながらターンを続けた。次々と溢れ出す涙が横に流れた。

そして、ようやく美久は心から思うことができた。

(私の演技を見れー！)

美久の手足は躍動し、笑顔と涙をきらめかせながら24回転をやり遂げた。ミッツたちのフラッグとのタイミングもぴったり揃っていた。

美久は改めてセイバーを握りしめると、オランダの空に向かって高く高く投げ上げた。そして、ダブルのターン。頭上からセイバーが回りながら落ちてくる。これをキャッチすれば、すべて完成だ！

と、次の瞬間、美久の目にセイバーが自分の手をすり抜けていくのが見えた。すべての動きがスローモーションになった。

（ここまでうまくいっていたのに……あんなに練習したのに、最後の最後にこんな……！）

無情にもセイバーは芝生へと落下していった。それをユーイーが、リュウが、ガードのメンバーが、良吾先生が目撃していた。65人が息を呑んだ。

美久にはセイバーの動きがはっきりと見えていた。刃の先端は芝生の上にまっすぐに落ち、音もなくスッと地面に刺さって一瞬動きを止めた。女神のいたずらか、あるいは救いか——それはまるで、つま先立ちする美しいバレエダンサーのようだった。

美久はすかさずセイバーの柄を手に取り、まるで最初からそういう演技だったかのようににっこり笑うと、空に向けて高々と突き上げた。

ウォーッという歓声が聞こえてきた。

だが、まだ終わりではない。今回のショーは最後にもうひと押しが用意されていた。予選までは、《ヴァケーション》で最後に盛り上げ、カーテンコールのように全員で《ウィー・アー・ザ・ワールド》を演奏しながら指揮台の前に出てくるという演出になっていた。だが、火事の後に練習を再開したとき、琉が先生に提案をしていた。「あそこでカチャーシーをしましょう」と。

楽譜も何もない。その場で先生と琉がみんなに演奏を教えた。もともと沖縄民謡はシンプルだ。それに、ウチナーンチュの体にはそのリズムと旋律が染み込んでいる。

バッテリーとピットが太鼓となり、サックスと中低音の金管楽器が三線となる。歌はトランペットとメロフォン。

西原マーチングが奏でる沖縄の民謡、《唐船ドーイ》がパルクスタット・リンブルフ・スタディオンに響き渡った。

もはや演技やフォーメーションは存在しない。全員が指揮台の前やピットの周囲に集まってきて、体を揺らしながら演奏する。ユーイーは誰よりも大きな音でメロディを歌い、美久たちカラーガードは両手を頭上で左右に振って踊った。指揮台の上では先生も踊っていた。イズーは指笛を鳴らしながらチョンダラー役として縦横無尽に跳ね回った。

唐船《とうしん》ドーイ　さんてーまん　いっさん走《ばー》えーならんしゃ
ユイヤナー　若狭町村《わかさまちむら》ぬ　サー　瀬名波《しなふぁ》ぬタンメー
ハイヤセンスル　ユイヤナ　イヤッサッサッサッサッサ——

驚くことに、スタンドの観客たちも立ち上がり、見様見真似で両手を振って踊り始めた。世界中から集まった人々がカチャーシーをする。信じられない光景だった。

（ザ・ワールド・イズ・ワン、西原マーチングのショーが完成したんだ！）

美久は涙をあふれ出させながら、笑顔で歌い、踊った。

かき混ぜよう。喜びも、悲しみも、すべてかき混ぜよう！

最後のハーモニーが響き渡った後、66人の高校生は一斉にスタンドに向けて右手を挙げ、叫んだ。

「ヤァッ！」

弾けるような掛け声とともに爆発的な大歓声が沸き上がる。

西原高校マーチングバンドのショーは終わった。

フィールドを一陣の風が吹き抜けた。その風の向こうに、ミークとユーイーはザァァッという優しいウージの葉音を聞いた。

22　それぞれの行き先

2学期が始まっても、沖縄の暑さは相変わらずだった。

朝から空の色は濃く、湿気をたっぷり含んだ海風が吹いている。

正門を入ったところにある記念碑の前に、美久は立っていた。芝生でユーイーたちが演奏する《気まぐれロマンティック》を聴いたこと、ユーイーに平手打ちされたこと、繰り返しフェッテの練習をしたことが遠い昔のようだった。

「ミーク、先に音楽室に行ったんかと思ったら、こんなとこにいたわけ?」

後ろからユーイーがやってきた。

「いつまでもオランダ気分を引きずってたらいかんさー。年末には全国大会。新しい曲とコンテで今度は日本一をとるんだから、気を引き締めていくどー」

ユーイーが美久の背中を思い切り叩いた。

美久は思わず「あがー!」と声を漏らした。

「ふっふっふ、ミークもすっかりウチナーンチュになったさー」とユーイーが笑った。

クラクションを鳴らし、尚ニーニーのワーゲンバスが正門から出ていく。ふたりは車に向かって手を振った。前方では、琉がさっさと音楽室へ向かって歩いている。

「あいつ《アニヒャー》、なんでワッターを待っててくれんかな。こんな美人《ちゅらかーぎー》ふたりを置いてくなんて、バチ当たりもんさー」

ユーイーが琉の背中を見ながら舌打ちした。

「ねぇ、ユーイー。行き先は決まったの？」と美久は尋ねた。

「うーん……。ミークは？」

「内緒さー」と美久は言い、ペロッと舌を出した。

「今度、教えれー。まずは朝練からさー！」

「うん、いちゅんどー！」

ふたりは駆け出した。が、少し進んだところで美久は立ち止まり、振り返った。

朝の光を浴びた記念碑には、新しい文字が刻まれていた。

『２０２２年　World Champion』と――。


【了】

あとがき

本書は、沖縄県立西原高等学校マーチングバンドが2022年の世界音楽コンクールで世界一となった輝かしい実話《ノンフィクション》をベースにしつつ、現実とは異なる登場人物やストーリーで織り上げたフィクションです。

沖縄を、いや、日本を代表するバンドである西原マーチングがなければ、本書が存在しえなかったことは言うまでもありません。

取材に訪れた学校では、顧問（当時）の富田亮先生、部長の屋良和佳菜さんほかたくさんの部員のみなさんに長時間インタビューし、練習の様子も詳しく見せていただきました。特に、富田先生、カラーガードのリーダーであった籾山うららさん、コンサートマスターでトロンボーン奏者だった渡慶次琉旗さんには、たびたび練習や演奏・演技、世界大会のディティールなどを教えていただきました。

西原高校以外でも、尊敬すべき沖縄の吹奏楽指導者である高江洲奈先生、沖縄各地を巡る際の案内役になってくださった沖縄県立芸術大学大学院の宮里ひなたさん、ウチナーグチの監修をしてくださった明星大学学友会吹奏楽団の大城あいさんなど、多くの方にご協力をいただきました。

そして、筆者を沖縄へと導き、その歴史や文化の持つ深みや悲しみを教え、立ち止まりかけたときに何度も背中を押してくださった明星学苑の総合音楽監督・玉寄勝治先生にはどれだけ感謝してもしきれません。玉寄先生、宮里さんとともに訪れた斎場御嶽《せーふぁうたき》では神聖なインスピレーションを感じ、それが本書のストーリーを動かす原動力になっていますし、先生が強く勧めてくださったことで琉球開闢の地・久高島を訪れることもできました。

ほかにも数えきれない助力を受けながら、独特で豊かな文化や言語を持つ沖縄への愛とリスペクトを込めて執筆を続け、ミークたちの物語をエンディングへ導くことができました。

執筆には想像以上の月日がかかり、作家人生で最大のピンチとも感じましたが、寛大に待ち続けてくださった新紀元社の編集者・大野智子さんにも心から感謝を申し上げます。

そして最後に、本書をお読みくださった皆さんへ。

著者である私はもちろん、きっとミークやユーイーたちもこう思っていることでしょう。

「ぐすーよー《みなさん》、にふぇーでーびたん《ありがとうございました》！」

オザワ部長

【表紙写真】
フォトスタジオゼウス

【協力・ウチナーグチ監修】
玉寄勝治
大城あい
富田亮
宮里ひなた

【協力】
沖縄県立西原高等学校
沖縄県立西原高等学校マーチングバンド
沖縄県立那覇高等学校吹奏楽部
明星大学学友会吹奏楽団
森弘達
高江洲奈
神山大樹
渡慶次琉旗
籾山うらら
仲本りん
末吉裕喜
會田聖実
さんしろう吹奏楽部
ジュンク堂書店那覇店
三田りょう
柳卓
玉城哲也

いちゅんどー！
西原高校マーチングバンド
～沖縄の高校がマーチング世界一になった話～

2024年7月17日 初版発行

【著者】オザワ部長

【編集】新紀元社編集部／高山順子
【カバーデザイン】水口智彦
【デザイン・DTP】株式会社明昌堂

【発行者】青柳昌行
【発行所】株式会社新紀元社
〒101-0054　東京都千代田区神田錦町 1-7　錦町一丁目ビル 2F
TEL 03-3219-0921 ／ FAX 03-3219-0922
http://www.shinkigensha.co.jp/
郵便振替　00110-4-27618

【印刷・製本】中央精版印刷株式会社

ISBN978-4-7753-2084-6